VTuber인데

방송 끄는 걸 깜빡했더니 전설이 되어있었다 8

나나토 나나 ill.시오 카즈노코

"아앗~↑! 받아버렸다! 스승님한테 스○○로를!
이건 엄청난 보물이야~!"

4 기 생

소우마 아리스

“네! 소우마 아리스, 현 시간부로 등장 했습니다!”

자기 자신의 해방을 테마로 삼은 아이돌 그룹, 레지스탕스의 멤버. 쿨한 외모로 남녀 모두에게 인기가 있지만 알맹이는 허당이라, 멤버들이 이미지를 사수해주느라 고생하고 있다.

소노카제 에에라이

“얏호~ 여러분~! 즐거우신가요~ 랍니다~! 에에라이 동물원의 소노카제 에에라이랍니다!”

온갖 동물이 모여 있는 거대 테마파크, 에에라이 동물원의 원장을 맡고 있는 엘프. 어째선지 동물들에게 절대복종 수준의 존경을 받는 모양이다.

야마타니 카에루

“산을 넘어, 계곡을 건너, 이윽고 돌아오는 장소. 야마타니 카에루의 방송에 잘 오셨어요.”

마음씨 착한 사람이 무거운 상처를 입었을 때, 어디선가 나타나 치유를 선사하고 바람과 함께 사라진다는 의문스러우며 신비적인 여성.

Live-ON

라이브온

선택받은 빛나는 소녀들

소식 | 굿즈
가이드라인 | 소속 탤런트 | 회사개요

미야우치 타다스

“다들, 평안하신가. 위대한 미야우치 가문의 외동딸이며 안티 라이브온, 미야우치 타다스다.”

아가씨 학교인 사이카 여학원의 학생회장. 미야우치 가문의 이름을 소중히 여긴다. 클린한 것을 좋아하며, 그렇기에 라이브온을 적대시하고 있다.

대거

“안녕, 내 이름은 대거. 기억의 여행자. 과거에게 부정당한 자. 세계의 이단자. 이 별의 분실물.”

기억상실 소녀. 정처없이 떠돌고 있는 참인데 라이브온에 보호 받아, 그대로 데뷔하게 되었다. 희미하게 남아 있는 기억의 파편은, 어딘가 불온하다.

츄리리

“여러분, 좋은 아침입니다! 사랑 수업 담당 교사인 츄리리 선생님입니다!”

라이브온에서 교사를 맡게 된 화려한 머리색의 여성. 사실은 외계인이며 본명도 더 길지만, 츄리리 말고 다른 부분은 지구인이 발음할 수가 없다. 담당과목은 사랑.

Contents

VTuber인데 방송 끄는 걸 깜빡했더니 전설이 되어있었다 [8]

나나토 나나 지음
시오 카즈노코 일러스트
박경용 옮김

지금까지의 줄거리

조회수 99,999,999,999회·2023.06.20. 9999 155

슈와 쨩 클립 ch
구독자 17.5만명

구독중

☆☆☆☆☆ VTuber인데 방송 끄는 걸 깜빡했더니 전설이 되어있었다 7권 완독

5기생 데뷔 에피소드가 주제라, 한 권이 통째로 5기생 소개였습니다.
우선 처음으로 안티 라이브온인 미야우치 타다스.
안티를 채용한다는 예상외의 인선이었습니다만,
실은 개허접이며 사춘기여서 밸런스가 잡혀있었습니다.
하레루와 나눈 대담을 보면, 아직 성장 가능성도 보이는 것 같으니 기대됩니다.
다음은 기억상실?인 대거.
처음의 언동을 봐서 중2병 캐릭터일 거라 생각했습니다만, 점점 설정에 구멍이 생겨서…….
특히 후드를 벗은 모습은 일러스트의 힘도 어우러져서 완전 제 취향이었습니다.
……라이브온은 귀여운 것도 OK였었군요.
마지막으로 외계인 츄리리.
그저 우주란 말밖에 못하겠습니다.
이 정도로 이해가 안 되는 건 이 시리즈에서도 처음이었습니다.
하지만 다른 5기생과의 관계 속에서 서투르고 츤데레인 부분이 보이는 등,
마냥 괴짜기만 한 것은 아닌 것 같습니다.
과격한 개성이지만 모이면 일체감이 있는 5기생.
앞으로 어떻게 라이브온에 적응해 가는지, 계속 지켜보겠습니다.
총평을 매기자면 별 0개입니다(스ㅇㅇ로니까ㅋㅋㅋㅋㅋㅋㅋ).

제1장

밸런타인데이 기획 초콜릿 만들기 대결

"밸런타인데이 초콜릿 만들기 대결! 이제부터 개마아아아아악!!"

마치 요리 방송에 쓰이는 것 같은 호화로운 키친을 등지고 그렇게 선언한 하레루 선배— 그런 그녀를 나, 네코마 선배, 에에라이 쨩, 대거 쨩까지 네 명은 멍하니 바라보고 있었다.

어느 날, 『라이브온 가위바위보 대회』라는 기획이 인터넷에서 열렸다.

정말로 그저 라이브온의 라이버가 가위바위보를 하는 것뿐이며, 그 모습을 방송하는 일도 없었다. 별난 점이라면 하레루 선배밖에 없는 1기생을 제외한 각 기수별로 나뉘어서 승부를 한 것 정도. 그저 가위바위보를 하고 그 결과가 인터넷에 보고된다. 그것뿐인 수수한 기획이다.

그러나, 우리는 이 승부에 드물 만큼 진심으로 도전했다.

그 이유는 기획 설명 페이지에 적힌 이 한 문장.

『각 기수별로 최하위가 된 사람은 특별한 기획에 초대됩니다!!』

하필이면 『최하위』인 사람을, 『특별한 기획』에 『초대』한다— 맹렬하게 불길한 예감밖에 안 들었다.

아마도 이 문장을 본 모든 라이버가 『잘은 모르겠지만 질 수 없다는 건 알았다』라고, 생각했으리라.

그날부터 나는 수련을 위한 여정을 떠났다. 방송을 열어 시청자들과도 협력하여, 어떻게 하면 가위바위보에서 이길 수 있는지를 철저하게 연구했다.

고작해야 가위바위보. 그럼에도 가위바위보— 대전 상대인 동기들의 성격을 분석한 끝에 도달한 수읽기, 카탓타의 발언을 이용한 블러프, 그리고 종국에는 멘탈리즘.

"슈와 쨩을 떠올려 보세요. 스○○로죠? 이것이 멘탈리즘입니다."

: 오오?!?!

: 진짜냐. 어이, 진짜냐고!

: 마음을— 읽었단 말인가—?

: 인간의 마음속을 더러운 발로 짓밟지 마라!

: 이거 완전 아○[#1]잖아!

: ○냐, 스○○로 좋아!

#1 아냐 만화 『스파이 패밀리』의 주인공. 남의 마음을 읽는 능력을 가진 소녀이다.

그리고 다가온 결전의 날— 수련의 성과, 이기고 싶은 마음, 시청자들과의 인연, 모든 것을 내 주먹에 실어, 무수한 승부를 한 끝에— 나는 기획 초대장을 받고 말았다.

전패했다.

초대장에 적힌 지정된 주소로 갔다.

사전에 상당히 길어질 거라고만 들었다. 전용 회장인 데다가 길어진다니, 명백하게 평범한 규모가 아닐 거야…….

우선 접수를 마치고 라이버용 대기실로 가니, 처음 보는 사람이 있었다. 5기생 외에는 현실에서도 만난 적이 있으니까, 이 애가 5기생의 최하위인 대거 쨩이라고 짐작했다.

아바타 정도는 아닐지라도, 자그마하고 귀여운 사람이었다. 내 앞에서 딱딱하게 굳어서 긴장하고 있기에, 최대한 상냥하게 이쪽에서 말을 걸었다.

"처음 뵙겠습니다! 코코로네 아와유키, 타나카 유키입니다!"

"처, 처처처처처처, 처음 뵙겠습니다! 5기생의 히메카와 노도카라고 합니다!"

"대거 쨩! 설마 기억이?!"

"대거라고 합니다!!"

"아유~ 착해라."

그다음에 2기생, 4기생의 최하위인 네코마 선배와 에에라이 쨩도 무사히 도착했다.

그리고 대거 쨩의 긴장이 어느 정도 풀릴 정도로 친해진 참에, 각자의 매니저(내 경우는 스즈키 씨다)가 우리를 찾아왔다. 집합 시간이 다 되어, 회장으로 안내하겠다고 말했다.

쫄래쫄래 매니저들의 뒤를 따라갔지만, 여전히 기획에 대한 설명은 전혀 없었다. 무시무시한 일이다. 최하위였으니 무슨 벌칙이라도 있을 거라고 예상했으니까, 발걸음이 그렇게 무거울 수가 없었다.

그리고 안내를 받아 도착한 회장에 펼쳐진 것은— 그야말로 훌륭한 키친 스튜디오였다.

"오, 왔구나! 기다렸어~."

스탭들 사이에 섞여 부지런히 현장 준비를 돕고 있던 하레루 선배가 이쪽을 발견했다.

"지금 막 왔지만, 이제 곧 방송 시작할 거니까. 그쪽 준비도 잘 부탁해!"

""""네?""""

하레루 선배가 거의 입을 열자마자 그렇게 말해서 놀랐지만, 나, 네코마 선배, 에에라이 쨩 세 명은 금방 방송 모드로 전환했다. 방송이란 단어를 들은 순간부터 라이버 상태, 이쯤되면 직업병이나 마찬가지다. 대거 쨩도 잠깐 반응이 늦었지만 준비를 진행했다.

그리고 모든 준비가 끝난 참에, 방송이 시작되고…….

—그렇게 서두의 장면으로 이어지는 것이다.

"기획 설명! 여기에 얼마 전 열린 가위바위보 대회에서 각 기수별 최하위가 된 선택받은 라이버가 모였습니다! 사전 정보 없이 모인 그녀들은 여기서 수제 초콜릿을 만들고, 심사위원인 이 아사기리 하레루가 심사합니다! 조금 이르지만 밸런타인데이 기획이란 거지!"

: 시작됐다!

: 오오! 그런 느낌이구나!

: 좋은걸!

: 특별 기획이라고 듣고 왔습니다.

: 생각보다 멀쩡해서 놀란 건 나뿐인가?

라이버 모드가 되었다지만, 내가 코코로네 아와유키라는 것은 변함이 없다. 방금 들은 기획 내용에 아연해져서 제대로 된 리액션마저 하지 못했다.

그야 물론 갑자기 초콜릿을 만들라고 해서 당황한 것도 적지 않지만 내가 이렇게 된 이유는 그 이상으로「어, 그거면 돼?」라는 의미가 강했다.

이거야말로 직업병일지도 모르지만, 최하위인 데다 여기

가 라이브온인 이상 아비규환이 필연적인 기획으로 들이받을 거라 생각했는데……. 대결이라곤 해도 이건 즉 다 같이 하하호호 사이좋게 초콜릿 만들기를 하자는 거지?

다른 세 명도 나랑 비슷한 심경인지 어떻게 리액션할까 어리둥절한 표정이었다.

"훗, 훗, 후~. 물론 그것뿐이면 재미없으니까!"

아, 아무래도 당황할 필요는 없을 것 같다(절망).

"지금부터 네 사람한테 종이를 나눠줄 테니까, 그 종이에 필요한 재료를 적어주셔야 합니다. 의논은 금지고 제한 시간은 10분! 적어준 재료는 스탭이 지금부터 전속력으로 모아올 테니까, 그 재료만 써서 초콜릿을 만들어줘! 참고로『스마트폰 등 정보를 찾아보는 건 일절 금지합니다』!"

……아아, 역시 그런 거구나.

이건 다시 말해서.

"자, 여기 모인 라이버는 레시피 없이 얼마나 맛있는 초콜릿을 만들 수 있을까?"

정말로 지금 이 시점의 지식량으로 승부가 시작된다는 거구나―.

"주의할 점으로, 초콜릿을 녹여서 굳히기만 하는 건성 수제는 인정 못 합니다! 그리고, 가능한 스탭을 배려해서 모아오기 쉬운 재료를 선정해 줘. 필요한 조리기구는 깜짝 놀랄 정도로 준비되어 있으니까 그건 걱정 없고. 키친 스튜디오는 대단해!"

순수하게 지금까지의 인생에서 과자를 만들어본 경험치가 시험받는 거군.

모두가 꿀꺽 침을 삼켰다.

"그러며언…… 즐겁고 메르헨스러운 초콜릿 만들기를 시작하자~!"

"재료는 문제없지? 세세한 시간제한은 없지만, 뭐~ 식히는 시간 등을 제외하고 1시간 정도로 완성해 줘~."

필요한 재료를 적은 종이를 스탭에게 건네자, 장보기 담당이 가게에서 대기하고 있었는지, 불과 십수 분 만에 각각의 재료가 모였다.

"그러면— 초콜릿 만들기 시작!"

하레루 선배의 호령에 맞춰, 곧장 최하위 팀이 동시에 움직였다.

네 명이 동시에 조리하여도 전혀 좁게 안 느껴질 만큼 넓은 키친이라서 살았다. 어디, 일단 이걸 용기에 옮겨놓고~.

재료를 적을 때 머릿속에서 세운 플랜에 따라 진행하고 있자니, 하레루 선배가 들여다보러 왔다. 손에는 스마트폰을 들며, 카메라를 기동한 모양이다. 어째서인지 물어보자, 찍은 사진을 정기적으로 방송 화면에 실어서 경과를 시청자들에게 보고한단다.

"그건 그렇고~."

"응~?"

처음에는 긴장해서 말수가 적었지만, 몇 분 지나자 익숙해져서 조리하는 틈틈이 하레루 선배에게 말을 걸게 되었다.

"대결이란 말을 듣고 조금 쫄았는데요. 생각보다 평화로운 기획이네요. 분명히 벌칙이라도 받을 거라고 생각했어요."

"벌칙이란 말은 아무도 안 했잖아?"

"그건 그렇지만요……."

"참고로 이거 공식 기획이니까 당연히 다들 보수도 나올 거야."

"최하위라고는 생각할 수 없는 대우!"

"사전에 최하위인 사람들을 특별한 기획에 초대한다고 했잖아? 거짓말 하나도 안 했어!"

"그렇군요……. 그러니까 저희는 최하위긴 해도 패배자는 아니었던 건가요?"

"참고로 제일 맛있는 사람의 초콜릿은 만드는 법을 재현해서 수량 한정으로 상품화할 예정이야."

""""네에?!""""

대화하고 있던 나 말고도 다들 무심코 돌아보며 놀란 소리를 냈다.

"원래는 저마다 컨셉에 맞게 밸런타인데이 초콜릿을 만

들자는 아이디어가 있었는데, 식품 쪽은 팔아본 전례가 없으니 무작정 하기는 무섭잖아……. 내년 밸런타인데이에는 모두들 하고 싶다고 생각하니까, 올해는 시범으로 해보는 셈이지. 하지만 그냥 하면 재미없으니까, 이번 기획을 열게 된 거지."

그런 경위가……. 이런, 또 긴장하게 되는데…….

다른 사람들은 뭘 만들고 있을까? 신경이 쓰여서 조금 확인해봤다.

……어라?

다들 바쁘게 손을 움직이는 가운데, 오직 대거 쨩만이 재료를 손에 쥐고 쳐다보면서 으음~ 하고 고민하고 있었다.

무슨 문제가 있는 건가? 나도 조리를 시작해야 하지만, 이런 기획에 익숙하지 않을 테니 선배로서 서포트를 해줘야겠다.

규칙에 따라서 조리법 조언은 못하지만, 대화로 긴장을 풀어주는 것 정도는 괜찮겠지.

"대거 쨩은 뭘 만들 건가요?"

"그게 말야~ 스승님. 본격적인 비터 초콜릿을 멋지게 만들어보고 싶은데, 이 카카오 콩을 어떻게 녹여야 할까 고민이야……."

"……카카오 콩을 녹여요?"

방금 들은 말의 의미를 이해 못 해서 그녀의 근처에 다가가 손에 들고 있던 재료를 들여다보자, 정말로 카카오콩이 있었다. 아몬드 같은 생긴 그거다.

이걸…… 녹여? 장식에 쓴다면 그나마 이해하겠는데, 녹인다니?

"……참고로, 다른 재료는 뭐가 있나요?"

"어? 이것뿐인데."

"……네?"

대거 짱이 그렇게 말한 순간, 라이버는 물론 스태프들도 포함해서 그 자리에 있던 거의 모든 사람들의 주목이 모였다.

모두의 놀랍다는 표정은 점차 시간이 흐르며 변해가고, 최종적으로는—.

『—너 진짜냐.』

모두의 표정이 절실하게 고하고 있었다. 오로지 한 명, 대거 짱의 재료 조달 담당이었던 스태프만이 모든 것을 포기한 미소를 짓고 있었다.

"어, 어라? 다, 다들 왜~? 그런 표정 왜 지어? ……으, 으응? 나, 뭔가 실수했어?"

명백한 분위기 변화를 감지하고, 서서히 당황하기 시작하는 대거 짱.

스승으로서, 나는 정적을 깨고 제자에게 말했다. 조언은 금지지만, 아무리 그래도 이 상황에서는 태클 같은 거니까 세이프겠지.

“대거 쨩……. 일단 물어보는데요. 초콜릿은 없는 건가요?”

“아니, 그러니까 여기에 카카오가…… 비터 초콜릿은 카카오 콩을 그대로 녹여서 굳힌 거 아냐?”

“대거 쨩, 분명히 초콜릿의 원료는 카카오 콩이에요. 하지만, 정말로 힘든 수고를 들여서 초콜릿으로 만드는 거랍니다.”

“어…… 그럼, 콩만 있으면 초콜릿은 못 만들어?”

“일단 비슷한 건 만들 수 있어요. 하지만 고작 한 시간으론 비슷한 것조차 못 만들걸요.”

“밀크가 아니라 비터인데?”

“크게 다를 바 없어요. 그리고 설령 어떻게든 분쇄해서 초콜릿에 가깝게 만든다고 해도, 설탕을 대량으로 안 넣으면 비터라는 수준이 아닐 정도로 쓸 거고, 맛있지도 않을 거예요.”

…………….

“아.”

“아?”

“아차차~ 기억상실은 이렇다니까~! 기억상실이니까 초콜릿 만드는 법 같은 거 기억을 못 했어~! 아하하~! 사고 쳤네~! 그렇구나~, 그랬구나~! 그래그래! 그러고 보니 그랬던 것 같기도 하네~!”

참으로 훌륭한 울상이었다.

"……아왓치, 위험할지도."

"하레루 선배, 무슨 일인가요?"

"지금 나이프 쨩의 한심스런 모습을 보니까…… 엄청 흥분돼. 이상한 문이 열릴 것 같아."

"하레루 선배, 모르는 건가요?"

"뭐, 뭘?"

"로리의 울상 가득한 목소리에서만 느낄 수 있는 즐거움이 있답니다."

"아왓치의 이미 한참 늦은 모습을 보고, 나는 문을 열기 직전에 멈출 수 있었다."

: ㅋㅋㅋㅋㅋㅋ

: 밸런타인데이에 카카오 콩을 건네는 위험한 녀석.

: 카카오가 99.9% 들어간 초콜릿인거네?

: 자, 이거 초콜릿! 널 생각하는 만큼 카카오를 넣었으니까!

: 그런 건 건네주지 말라고…….

: 먹을 수 있긴 한 거냐?

: 어라? 다른 재료가 없다면 망한 거 아냐?

: 스태프에게 카카오 콩을 심부름 시키고 보수를 받아 돌아가는 신인, 나타나다.

: 처음으로 기억상실설을 믿을 수 있을 것 같았어.

"우와아아아아아앙!! 애당초 쓴 거 싫어하는데 멋 부리다가 이상한 짓해서 죄송합니다아아아아아아아!!!!"

그다음, 하다못해 조금이라도 콩을 먹을 수 있는 상태로 만들고자 특별히 조언을 들어, 바쁘게 콩을 프라이팬에 볶기 시작한 대거 짱이었다.

“아왓치는 뭐 만들고 있어~?”

대거 짱의 슬픈 실수로 개막부터 손이 멈춰버렸지만, 다들 하나둘씩 조리를 시작했다.

나는 가열하기 위해 냄비에 생크림을 붓고 있었는데, 하레루 선배가 내 동작이 신경 쓰였는지 질문하면서 사진을 찰칵찰칵 찍었다.

“저는 파베 초콜릿을 만들려고 해요.”

“파베 초콜릿!”

훗, 훗, 후. 그렇다. 이 기획을 돌파하기 위해 고민 끝에 선택한 레시피였다.

우선 나는 요리라면 그럭저럭 할 수 있지만 과자 만들기 경험은 거의 없다. 애당초, 과자 만들기는 너무 귀찮다. 이런 건 만드는 것 자체가 취미인 사람 정도밖에 계속할 수 있는 거 아니야……?

허나 그런 나라도 이 파베 초콜릿은 만든 경험이 있었다. 그야, 만드는 게 간단하니까.

기본적으로 초콜릿을 데운 생크림과 같이 틀에 넣어 식

히고, 코코아 파우더 등의 가루를 뿌리면 그럴듯해지는 것이 이 파베 초콜릿. 사용하다 남은 생크림을 소비하기 위해 찾다가 우연히 만들어본 것인데, 생각 이상으로 맛있게 돼서 스스로도 놀랐었다.

그리고! 이 기획에 파베 초콜릿을 고른 것엔 또 한 가지 큰 이유가 있었다.

그것은 『지식이 없는 사람이 보면 멋지게 보인다』였다!

그렇다. 이 파베 초콜릿은 절묘한 네이밍과 특수한 식감, 그리고 세련된 모양으로 아무것도 모르는 사람에게는 정성이 가득 들어간 고품격 과자로 보인다!

요리 잘하고 과자까지 만들 수 있는 여자를 싫어하는 남자는 없지! 여기서 평가를 확 올려서 재미있는 여자와 청초함의 갭으로 시청자들의 혼을 빼놓는 작전이다!

기어코 청초함이 갭 포인트가 되었네! 처음에는 청초함 그 자체였을 텐데! 아하하하하!

뭐, 그렇게 됐으니……. 간단한 작업이라는 것이 들키지 않도록 짬짬이 멋을 부리면서 요리해야지. 지금 내 모습은 가히 일류 파티시에.

다음으로 불을 켜고~.

"그렇구나! 사실은 간단히 만들 수 있지만 모르는 사람이 보면 무척 세련되게 보이는, 이 기획에서 승리하기 적합한 파베 초콜릿을 고르다니! 역시 아왓치야!"

"이제 만드는 거 관둘래애애애애애~!!!!"

나는 조리하던 걸 내팽개치고, 키친 구석으로 뛰어들었다!

"왜 생각하는 길 전부 말해버리는데요?! 이제 아무리 잘 만들어도 그저 계산적인 여자가 되어 버리잖아요!!"

"미, 미안. 너무나도 우쭐한 표정으로 조리를 하니까 무슨 속셈인지 너무 훤히 보여서 나도 모르게 말해버렸네~."

"『말해버렸네~』라니요! 알고 있으면 좀 더 요리를 잘한다고 칭송해달라고요! 오냐오냐해달라고요! 청초하다고 해달라고요! 이제 전 이런 방법이라도 안 쓰면 시청자들로부터 칭찬을 못 받는단 말이에요!"

"그치만, 생크림을 냄비에 붓는 동작마저 카메라를 의식해서 짜증날 정도로 끼를 부리면 한 마디 하고 싶어지는 걸! 청초하다고 말해달라기엔 만드는 모습부터 청초하지 않거든!"

"만드는 모습이 청조하시 않다는 게 무슨 말이에요! 하레루 선배는 바~보! 멍청이~! 얼간이!"

"험담의 어휘력 수준이 딱 나이프 짱."

"아앙~?"

"친가에선 목소리 낮을 것 같아! FE의 제ㅇ건[#2] 포지션! 체세포 귀뚜라미 여자!"

#2 FE의 제이건 게임 『파이어 엠블렘』 시리즈의 등장인물. 강자라는 설정에 비해 실제 캐릭터 성능은 매우 낮다. 처음에는 주인공 일행보다 강하지만 성장성이 부족해서 금방 추월당해 버린다. 이후의 게임 시리즈에도 비슷한 포지션의 캐릭터가 대대로 나온다.

"어라? 지금 메ㅇ 킹을[#3] 쓰러뜨렸나? 갑자기 레벨 업해서 어휘력이 잭나이프 쨩 수준으로……."

"그건 누구인 거랍니다~?"

"아아, 미안. 지금의 너는 보스였지."

"저는 과거에 잭나이프라고 불린 적도 없고, 지금도 보스는 아닌 거랍니다!"

: 뻔히 다 티 나는데?

: 하마터면 속을뻔했네…….

: 대거 쨩의 「아~?」로 구원받은 목숨이 여기 있음.

: 속이려고 하는 시점에서 이미 청초하긴 글렀는데?

: 청초함이란 내면에서부터 솟아나오는 것이다.

: 엄청 높이 팔을 뻗어서 생크림을 붓기라도 했겠지.

이럴 수가, 이럴 리가 없었는데에!

승리를 노리는 일류 파티시에 모드가 역효과였나……. 좀 더 평범하게 만들면 하레루 선배도 눈감아줬을지 모르는데!

"진정해, 아와유키 쨩. 네코마는 파베 초콜릿 좋다고 생각해."

네코마 선배가 일부러 곁으로 다가와 위로해준다. 풀이 죽어 있을 때 곁에 있어주는 상냥한 고양이다.

#3 메탈 킹 게임 『드래곤 퀘스트』 시리즈의 등장 몬스터. 경험치를 많이 주는 메탈 슬라임 시리즈 중에서도 킹 슬라임의 포지션이라 역시 대량의 경험치를 준다. 하지만 조우 확률이 훨씬 낮고, 도주 확률, 강함 등등도 그만큼 올라갔다.

"냥~. 분명히 하레루 선배도 아와유키 짱이 만드는 파베 초콜릿을 먹고 싶을 거다냥."

"그럼, 그럼! 먹고 싶어!"

"……정말인가요?"

"잘 생각해 봐. 대거 짱은 카카오 콩이라고?"

"그것도 그렇네요!"

"스승님?!(쿠구궁~)"

그 말을 들으니 기운이 확 난다. 응응, 아직 졌다고 정해진 것도 아니잖아. 만들 수 없는 것보다는 훨씬 나으니까.

나는 다시 화로 앞에 섰다. 대거 짱도 그랬지만, 멋부리면 대개 일이 꼬이는 법이다. 이번에는 차분하게 해야지.

"……아왓치, 큰일 났어."

"네? 무슨 일 있나요?"

"아무래도 아왓치가 아니라 슈왓치가 만든 초콜릿도 보고 싶다는 채팅이 나수 올라오는 것 같아."

"어어…… 그 요청은 또 뭔가요……."

"혹시 뭔가 만들어 줄 수 있을까?"

"네에?! 지금부터 새로운 걸 하나 만들라는 건가요?!"

"간단한 거라도 돼! 어려울까?"

갑자기 그렇게 말을 하면…… 아니, 뭐 어떻게든 되겠지.

"뭣하면 재료를 추가로 사와도 돼."

"아니, 괜찮아요. 매니저님! 대기실에 있는 제 가방 좀 가져다주세요!"

스즈키 씨가 전력으로 뛰어서 가져다준 가방에서, 스○○로 한 캔을 꺼냈다.

"……아왓치, 왜 가방에 스○○로가 들어 있어?"

"휴대용 스○○로입니다."

"개그하는 거야?"

"완전 진지해요. 청초한 제가 그런 개그를 할 리가 없잖아요. 오늘 기획 내용을 안 알려주셨으니까, 만약 갑자기 슈와가 되라고 해도 대응할 수 있도록 가지고 왔답니다."

"경이로운 프로 의식이다! 존경해, 아왓치!"

"설마 가방에 스○○로를 넣고 다니는 걸로 프로 의식을 칭찬 받는 날이 올 거라고 생각 못했어요. 뭐, 녹인 초콜릿이랑 이걸 섞어서 칵테일처럼 만들면 슈와답지 않을까요?"

"고마워! 역시 아왓치는 듬직하네! 덕분에 살았어!"

후우, 어떻게 돼서 다행이네. 유비무환이라니까.

안도의 한숨을 내쉰 나. 그러나 그걸 본 에에라이 쨩이 괜히 싱글벙글 웃는 표정으로 말했다.

"하지만, 그건 거의 스○○로나 마찬가지니까 저희가 상품화하는 건 불가능하다고 생각하는 거랍니다~! 어떤 의미로 카카오 콩 이하인 거랍니다~!"

"헉?! 스, 스승님! 설마 나를 배려해서?!"

"개그입니다! 웃음을 잡기 위해서 가져왔어요! 음료수를 마음~껏 마시고 싶어라~! 좋아! 스○○로! 이걸로 이 스○○로의 등장은 끝! 칵테일 같은 건 없었어요! 알겠죠!"

"스승님?!(쿠구궁~)"

: 최선을 다해서 부정해버리기ㅋㅋ

: 청초한 제가 뭐라고요?

: 청초함을 버리고 카카오 콩에게 이긴 여자 ¥10,000

: 뭐랑 싸우는 거냐?

: 아까부터 대거 쨩이 불쌍한데 귀여워.

: 초등학생한테 뭘 건네주는 거냐, 이 로봇너구리가.

: 비밀 도구가 매번 스○○로인 도라○몽은 너무 풍자적이잖아.

〈소우마 아리스〉: 저도 참가하고 싶었지 말입니다…….

: 너는 아와 쨩의 초콜릿을 먹고 싶은 것뿐이잖아.

무슨 착각을 했는지 대거 쨩이 감동한 기색으로 나를 보고 있었지만, 미안해……. 카카오 콩보다 아래는 받아들일 수가 없었어…….

조리 과정이 중반에 이르렀을 무렵. 내가 생크림과 초콜릿을 섞고 있을 때, 하레루 선배가 이번에는 네코마 선배 쪽으로 카메라를 돌렸다.

"네코마~는 뭐 만들어~?"

"오? 신경 쓰여? 하레루 선배가 기뻐해 줬으면 해서 기합 넣고 만들고 있지!"

"진짜?! 호오~ 나를 위해서라니, 기쁜걸~!"

"평소에 감사한 마음을 담았어! ……하지만, 조금 난처한 일이 있는데……."

"음? 왜 그래?"

"네코마는 고양이니까 초콜릿을 못 먹거든. 그래서 인간인 하레루 선배 입에 맞을지 알 수가 없어서……."

"어, 갑자기 고양이 설정을 강조하다니. 무슨 일이야? 평소엔 전혀 신경 안 쓰면서……."

"그런 네코마가 만든 초콜릿이라도 먹어줄 거야?"

"어어어? 그, 그야 물론! 나를 위해 만들어준 거라면 기쁘게 먹을 건데?"

"그렇구나아아! 그러면 녹인 초콜릿에 이 사료를 넣어버려야지~!"

"자아아아아아암까아안 기다려어어어어어어어어어?!?!"

하레루 선배의 큰 소리에 무슨 일인가 해서 놀라 고개를 돌리자, 네코마 선배가 중탕해서 녹인 초콜릿에 캣푸드, 그중에서도 이른바 드라이 타입의 사료를 와르르 투입하고 있었다.

"뭐뭐, 뭐 하는 거야, 네코마~?!"

"냐하하하! 네코마가 좋아하는 푸드를 하레루 선배에게

도 먹여주고 싶어서!"

"네코마~가 그런 걸 먹는 거 본 적이 없고, 애당초 나는 인간이야!"

"하지만 방금 먹어준다고 했는데? 거짓말이었어?"

"아니, 그야 이럴 줄은 몰랐는걸!"

"동물을 속이다니, 동물학대야! 1기생이 그런 짓을 했다간 라이브온 전체의 체면에 커다란 악영향을 끼칠 텐데?"

"이 녀석, 협박하는 방법도 징그럽네!"

당황하며 말리려던 하레루 선배. 그러나 네코마 선배는 오히려 그 모습을 보고 즐기는 것 같았다.

이윽고 하레루 선배는 그 진의를 깨달았는지, 네코마 선배를 노려보기 시작했다.

"네코마~! 방금 평소에 안 하는 고양이 어필을 한 건 이거 때문이었냐! 나한테 대드는 거냐!"

"냐하하하하! 천재인 주제에 깨닫는 게 느리구만~! 네코마는 과자 만들 줄 모르니까! 요리를 못하는 게 들켜서 웃음거리가 될 바에는 괴상한 걸 먹여서 대들어주마!"

"큭! 네코마~! 대체 무슨 짓을! 너는 그런 비굴한 성격이 아니었을 텐데!"

"하레루 선배, 이건 말야. 복수야."

"보, 복수? 뭐, 뭐에 대한? 서, 설마 나도 모르는 사이에 네코마~한테 뭔가 심한 짓을—."

ASAK
ASAK

"슬○덩크."

"어?"

"사진 펑기를 보고 분명히 네코마가 좋아할 거라고 생각했던 슬램○크의 극장판이 평범하게 엄청 재밌었던 것에 대한 복수다아아아아—!!!!"

"나랑 전혀 상관없잖아아아아아아아아—!!!!!!!!"

완전한 분풀이임에도 네코마 선배는 눈물을 지으며 말을 이었다.

"네코마도 희미하게 느끼고는 있었어! 그 천재 원작자님이 감독까지 했는데 이상한 게 나올까? 라고 생각은 했었어! 그랬더니 이게 뭐야! 뚜껑을 열어보니까 엄청 명작이잖아! 영화관 주변에서 감동하고 있는 사람들 가운데 혼자 우주 고양이[#4] 같은 표정이었던 네코마의 마음을 알겠어?!"

"아니, 몰라몰라몰라몰라! 똥망 영화를 싫어하진 않지만, 그 영화는 나도 원작 펜이고 감동하면서 봤거든!"

"분명히 최근에 불행캐라고 불리는 바람에 이렇게 된 거야! 그러니까 이쯤에서 하레루 선배한테 불행캐를 떠넘겨 주지!"

"으에엑……."

: 그렇게 나왔나ㅋㅋㅋ

#4 우주 고양이 인터넷 밈으로 사용되는 고양이의 합성 사진. 배경에 우주가 펼쳐져 있고, 대체로 놀란 표정의 고양이가 합성되어 사용된다. 혼란에 빠진 상태나, 어쩔 줄 모르겠는 상황일 때 자주 쓰인다.

: 개봉 전에는 난리도 아니었지~.

: 원작을 아는 걸 전제로 봐야했지만, 좋았지.

: 고대하던 시합의 애니화였으니까.

: 세이 님이 왔다면 의미심장한 형태의 초콜릿 바나나 같은 게 나왔을 테니까 그나마 낫지. ¥500

〈우츠키 세이〉: 쭉쭉 바나나.

: 우왓?!

: 형무소로 돌아가.

〈우츠키 세이〉: 아직 안 잡혔는데?

: 잡힐 예정은 있는 거냐고…….

: 시온 마마가 왔으면 유두에 초콜릿을 바르고 빨라고 말했을걸.

: 대체 뭐야 그거, 완전 대 환영인데.

옆에서 들었지만 이만큼 동정심이 안 드는 진술도 드문걸…….

"어라?"

문득 신경 쓰인 점이 떠올라서 나도 대화에 끼어들었다.

"하지만 하레루 선배, 귀뚜라미는 개의치 않고 먹잖아요? 캣푸드 정도는 괜찮지 않아요?"

"으응~? 하지만 그 귀뚜라미는 인간이 먹는 용도거든? 캣푸드는 고양이가 먹는 거잖아!"

"네?? 맛이 문제인 게 아니구요?"

"그야, 고양이가 먹을 걸 인간이 먹는 건 이상하잖아. 인간용의 캣푸드라면 모를까."

"네에???? 내거 쨩의 기카오 콩보다도?"

"카카오 콩 정도는 괜찮아. 맛있지는 않겠지만, 인간이 먹는 거니까."

뭘까, 천재의 독특한 감성인가? 일단 귀뚜라미나 카카오 콩보다는 싫은 모양이다.

"그러면 처음부터 심사위원을 안 하면 되는 거 아닌가요……?"

"1기생만 기획에서 통째로 따돌리는 건 시~러!"

"그러신가요……."

"뭐, 걱정할 필요 없어! 아무리 캣푸드라도 초콜릿으로 코팅하면 먹기 쉬워질 테니까. 못 먹을 건 아니겠지."

"그럴까~?"

"그리고 하레루 선배. 이 캣푸드는 무려 ."

"무려—?"

"인간도 먹을 수 있는 원료로 만들었어. 다시 말해서 휴먼 그레이드지!"

"휴먼 그레이드라도, 인간용인 건 아니잖아!"

그렇게 태클을 건 다음, 포기했는지 호흡을 정돈하고 사진 촬영을 다시 시작한 하레루 선배.

"뭐, 기획에 협력해주니까 용서하지! 하지만, 아까 그 칵테일에 이어서 이것도 상품화가 불가능하네. 왜 카카오 콩이 중견까지 올라오는 거지……."

"다들 큰일이야! 대거 짱이 지금 그 말을 듣고 기뻐졌는지 웃으면서 프라이팬을 흔들기 시작했어!"

"어허~! 콩이 흩뿌려지니까 그만해앳~!"

황급히 대거 짱을 말렸다. 조리 진행이 느려…….

"네! 다음은 식혀서 굳힌 것을 커팅하고, 아와유키의 캐릭터에 맞춰 고운 설탕을 뿌리면 완성입니다!"

"수고했어! 잘 만들었네!"

떠들썩하게 만들기도 해서 생각보다 시간이 걸리고 말았지만, 파베 초콜릿이 거의 완성됐다. 하레루 선배가 박수와 축하와 격려의 말을 해주었다.

대거 짱의 카카오 콩 배전도 끝났고, 네코마 선배도 캣푸드에 발라둔 초콜릿끼리 서로 달라붙지 않도록 하는데 조금 시간이 걸렸지만, 조금 전의 나처럼 식히기만 하는 단계까지 진행됐다.

다시 말해서 이 세 명은 거의 완성, 남은 건—.

"후우, 반죽 틀까진 완성! 지, 지친 거랍니다~."

이마에 땀을 지으며 그렇게 말하고, 잠깐 손을 멈춘 에에라이 짱뿐이었다.

그 땀이 증명하는 것처럼, 에에라이 짱은 땡땡이를 친 게 아니다. 오히려 누구보다도 집중했을 것이다. 말수가 평소에 비해 적었던 것도 그 탓이겠지.

그러면 어째서 완성이 가장 늦어졌을까? 그건 만들고 있는 것에 이유가 있다.

에에라이 짱이 만드는 건『초콜릿 쿠키』였다. 오븐이 있는 걸 보고 정했으리라.

들었을 때는 그런 것도 있었지~ 하고서 당했다고 생각했지만, 지금은 용케도 그걸 선택했다고 생각한다. 뭐라고 할까, 나랑 비교해서 엄청나게 힘들어 보였다…….

과자 만들기는 힘이 드는 일이기도 하다고 들은 적이 있는데, 정말이었구나……. 늦어지기는커녕 에에라이 짱의 피지컬로 인해 그럭저럭 스피드를 내서 반죽이 된 거겠지.

"마무리로 이 반죽에 초콜릿 펜으로 동물의 얼굴을 그리고, 그걸 예열한 오븐에서 구우면 완성인 거랍니다~."

게다가 라이버다운 개성까지 도입할 생각이다. 초콜릿을 섞지 않은 플레인 반죽을 만든 건 이걸 위해서였군.

우리가 조금 빠르게 끝냈을 뿐이지, 아직 기획 마감 시간까진 여유가 있다. 이건 완성까지 될 것 같군.

"자, 그려볼까요! ……난 그릴 수 있다…… 난 그릴 수 있어……."

어, 어라? 어째 불안한데?

"얍…… 힉?! 후우, 세이프……."

가끔 불안해지는 소리를 내면서도 바쁘게 그려나가는 에에라이 쨩.

그 완성도는…… 그게, 열심히 하고 있는 것 같다. 하지만 동물을 대단히 잘 아는 에에라이 쨩이 그렸다고 생각하면…… 뭐라고 하지, 무척 데포르메된 것이었다.

음, 에에라이 쨩은 의외로 손을 쓰는 세세한 작업은 그다지 특기가 아닐지도 몰라…….

"엄청 귀여워어……."

"정말? 다행인 거랍니다~."

어라? 대거 쨩한테는 상당히 호평이다. 대거 쨩은 멋진 걸 목표로 하는 것치고 귀여운 걸 좋아하는 것 같고, 지역 마스코트 캐릭터처럼 생긴 점이 역으로 좋은 걸까?

"후우, 앞으로 하나면 끝인 거랍니다!"

"다 그리면 시청자한테도 보여줄 사진 찍을게!"

"알겠다는 거랍니다~! 그렇지. 이왕 만드는 거니 마지막으로 그릴 동물은 대거 쨩이 골라주면 좋겠다는 거랍니다~."

"어, 내가?! 괜찮아?!"

"방금 귀엽다고 칭찬해준 것에 대한 보답이랍니다~."

"그럼, 에에라이 선배 하면 떠오르는 고릴라로!"

"알겠다는 거랍니다~! ……고릴라?"

승낙은 했지만, 몇 초 뒤에 정색하며 고개를 갸웃거리는 에에라이 쨩.

아아~, 분명히 갑자기 고릴라의 얼굴을 그리라고 하면 다른 동물에 비해 난처할지도 모르겠네. 어떻게 데포르메하면 좋을지 모르겠다.

에에라이 쨩은 잠깐 대거 쨩 쪽으로 시선을 돌렸지만, 언뜻 보기에도 신이 난 대거 쨩의 모습을 보고 각오를 굳힌 모양이다.

"괜찮아. 특징만 잘 잡으면 그릴 수 있을 거야……."

우선 밑그림을 자국을 내서 그리고, 납득이 됐는지 다시 초콜릿 펜을 잡았다.

"…………."

신중하게 펜을 움직인다. 극한까지 집중을 했는지 그 모습에는 긴박감마저 있었다.

"………………됐다!"

지금까지 그린 어느 동물보다도 시간을 들여 완성된 그것은, 분명히 고릴라였다.

"오~!!"

그걸 본 대거 쨩이 기뻐하는 소리가 들린다.

"아……."

그러나 그 시선이 조금 움직였다 싶더니, 그것이 한순간에 슬픔의 목소리로 바뀌어 버렸다.

"곰이……."

"어? 아앗?!"

에에라이 쨩이 대거 쨩의 시선 끝을 확인하자, 조금 전에 그렸던 곰 그림 쿠키 위에 손을 올려놓고 있었다.

아무래도 펜을 들고 있던 손과 반대로 몸을 지탱하던 손으로 쿠키를 뭉개버린 모양이다. 극한까지 집중을 했기에 눈치 못 챈 거겠지.

"……."

"아, 아아……."

무참한 곰의 모습을 보고 표정이 흐려지는 대거 쨩. 감수성이 풍부하구나.

그 모습을 보고 에에라이 쨩도 어떡하면 좋을지 몰라서 난처한 모양이라, 잠시 시선을 흔든 다음 우리들 쪽으로 돌아서며 눈으로 도움을 청했다.

훗. 맡겨둬, 에에라이 쨩. 한 방에 대거 쨩의 미소를 되찾아주지. 하지만…… 불평은 하면 안 된다? 도움을 청한 건 그쪽이잖아?

그리하여—.

"에에라이 쨩이…… 곰을 맨손으로 죽였어—."

내 발언에 눈을 부릅뜨고 놀라는 에에라이 쨩.

"그, 그럴 수가 에에라이 쨩! 고릴라를 그리는 게 어렵다고 분풀이로 죄 없는 곰을 죽이지는 않아도 되잖아!"

"한 방에 안면이 파열…… 보스, 역시 당신이야말로 라이브온의 보스다."

"자, 잠깐만요?!"

내 의도를 이해하고 편승한 네코마 선배와 하레루 선배.

그래도 에에라이 쨩은 아직 이해를 못 한 건지, 우릴 비난하는 눈빛으로 바라본다.

그게 아냐, 그게 아니라고! 에에라이 쨩!

"곰이라고 해도 쿠키 이야기니까!"

"에에라이 쨩! 대거 쨩을 봐!"

"네?? 아아……."

"우와~! 살아 움직이는 번장의 모습! 눈앞에서 처음으로 봤다(활짝~)."

그렇다. 대거 쨩은 기억상실인 주제에 라이브온 팬이라는 모순된 생명체! 그래서 곰을 뭉개 버린 실수도 라이브온 명물 소재 중 하나인 번장을 섞어주면~ 형세 역전, 미소를 되찾는 것이 가능하지!

: 어?! 곰을?!

: 무슨 일이 일어났지?!

: 곰의 그림을 그리던 쿠키에 무슨 일 있었던 거 아냐?

: 아~.

: 아니, 지금 아와 쨩의 반응을 보면 번장이 과자 냄새에 이끌려온 야생 불곰에게 주먹 한 방 날려서 쓰러뜨렸다는 데에 건다. ¥893

: 그거다!

: 그런 거구나!

: 곰이 좋아할 법한 캣푸드도 있었으니까.

: 곰을 맨손으로 죽이는 라이버, 소노카제 에에라이랍니다~!

: 에에라이 동물원 토막 상식. 사육 중인 곰은 번장이 상처없이 포획하기 위해 눈썹으로 쓰러뜨려서 데리고 왔다고.

: 역시 우리들의 번장! 평생 따라가겠습니다!

: 너희들 ㅋㅋㅋ

"잠깐, 안 돼, 안 돼! 약간의 소리밖에 정보가 없으니까 채팅창에서 이상한 추측이 번져버렸잖아랍니다!!"

"이것도 대거 쨩의 미소를 지키기 위해서입니다!"

"크으으……."

한순간 납득하려던 에에라이 쨩이었지만, 채팅창을 보고 다시 부정하려 한다.

그래도 내 설득을 듣고 주춤하는 에에라이 쨩. 몇 초 고민한 끝에 다시 한 번 대거 쨩의 얼굴을 본 에에라이 쨩이 내린 결론은—.

"바, 방해하는 녀석은 피의 밸런타인데이 파티에 초대해 주겠다!"

"우와아아아아아아! 멋있어어어어어!!(짝짝짝짝짝짝!)"

스스로를 포기하고, 대거 쨩의 미소를 지키는 걸 선택했다.

: 인정했어?!

: 언제나 겸손을 떨던 번장이 인정했다!

: 이거 처음 아냐?!

: 오늘 밤은 곰으로 탕을 끓여먹어야겠군!

: 에에라이 쨩의 거유가 지방이 아니라 모두 흉근이라는 것이 증명됐네.

: ¥50,000

“아하하하~. ……돌아가면 오해를 풀어야지…… 안 풀리겠지만…….”

마른 미소를 흘리면서 쿠키 반죽을 오븐에 넣는 에에라이 쨩.

이걸로 플레이팅 등을 제외한, 전원의 조리 공정이 종료됐다.

그러고 나서 쿠키 굽기와 초콜릿 식히기가 끝날 때까지 한동안 휴식을 했다.

휴식이 끝나면, 제각각 마무리를 한다.

그리고 맞이한 심사시간. 플레이팅된 완성품이 하레루 선배 앞에 놓였다.

“저~기, 오른쪽부터 순서대로, 『대거 쨩이 반쯤 울면서 볶은 카카오 초콜릿』, 『스트롱 초콜릿』, 『파베 초콜릿』, 『우주로 슬램덩크된 고양이가 만든 복수 캣푸드 초콜릿』, 『곰을 심심풀이로 박살내며 만든 동물 초콜릿 쿠키』가 놓여 있네. 분명 이번 기획은 초콜릿으로 라이브온을 표현하라는 승부는 아니었을 텐데?"

"열심히 볶았어!"

"이중에서는 파베 초콜릿이 혼자 붕 떠 있어서 도리어 어색한 게 싫네요……."

"안 선생님…… 똥망 영화를 보고 싶어요……."

"돌아가면 얼른 방송을 열고 오기로라도 오해를 풀어야겠답니다~."

"아왓치! 슈왓치의 코멘트도 부탁해!"

"들어 주세요, 내가 스○○로가 되어도[#5]."

"그거, 슈왓치의 말인 척 하는 아왓치의 노래 아냐……?"

어째선지 그 칵테일도 놓여 있었다. 아깐 상품화 못 할 거라고 했으면서…….

: 어딘가의 컬트 종교에서 사용할 의식용 공물인가요?

: 카카오 콩이 제일 그나마 먹을 만해 보이는데.

: 다 만들어진 것만 보면 겉으로 봐선 못 먹을 건 없어 보이는데.

: 파베 초콜릿이랑 쿠키는 맛있어 보이니까,

: 네코마 것도 보기에는 나쁘지 않은데?

#5 내가 아줌마가 되어도 일본의 가수 모리타카 치사토가 1992년에 발표한 히트곡.

〈야마타니 카에루〉: 내가 아줌마가 되어도, 어리광 받아줄 거야?♪

: 응? 되어도? 이미 된 게 아니고???????

〈야마타니 카에루〉: 어이, 운영자! 지금 당장 카에루를 아줌마라고 한 쓰레기 자식을 밴 해버려!

: ㅋㅋㅋㅋ

: 말 안 했단 말이지~.

〈라이브온 공식 계정〉: 본인의 요청에 의해 야마타니 카에루를 밴하였습니다.

: 그쪽이 아냐—! ㅋㅋㅋㅋㅋ

: ㅋㅋㅋㅋ

: 설마 했던 자멸!!

: 아줌마라고 말한 건 본인뿐이니까ㅋㅋ

: 운영자한테 블록 당하는 소속 라이버…… 실화냐?

〈라이브온 공식〉: 오해가 있었던 듯하여, 밴을 해제했습니다.

: 운영도 즐기고 있네.

: 쏘리쏘리ㅎ

〈야마타니 카에루〉: ↑어째서 당연한 것처럼 네 녀석은 무사한 건가요…….

: 다음에 슈퍼챗 쏠 테니까 용서해줘.

〈야마타니 카에루〉: 카에루는 재밌는 사람이 너무 좋아~! 앞으로도 잘 부탁해☆

: 얜 정말 꾸준하네…….

: 내심 설마 라이버와 얽히게 될 줄 몰라서 심장이 쿵쾅거리는 중.

"그러면 품평을 해볼까! 잘 먹겠습니다! 방금 소개한 순서로 먹을게. 우선 나이프 쨩 것부터—."

하레루 선배가 그렇게 말하고 카카오 콩을 입에 넣었다. 옆에 있는 대거 쨩이 꿀꺽 숨을 삼키는 게 보였다.

"(오독오독)."

몇 번의 오독.

"미안스○○로마실게! 꿀꺽꿀꺽꿀꺽푸하아아아아아아아!!"

그리고 내 스○○로와 초콜릿 칵테일로 있는 힘껏 삼켰다.

"다음, 가볼까!"

"아~? 어라? 내 초콜릿 평가는?"

"대거 쨩, 지금 그 일련의 동작이 평가 자체입니다."

"쿠~웅……."

"믿을 수 없을 정도로 썼어……. 땡큐, 아왓치. 스○○로 덕분에 살았다."

"그래도 제가 만든 초콜릿인데, 억지로 삼키는데 쓰지 말아주세요."

"슈왓치의 칵테일은 말이지. 달콤함이 덜한 스○○로에 달콤한 초콜릿을 더한 탓인지 맛의 방향성이 길을 잃었어!"

"안 물어봤어요."

정신을 가다듬고, 하레루 선배가 다음으로 먹은 것은 내가 만든 파베 초콜릿.

조금 전의 카카오 콩과 달리, 우물우물 느긋하게 씹는다.

"어떤가요……?"

"맛있어!"

"정말인가요! 다행이다……."

"파는 것에서는 느낄 수 없는 수제 느낌이 좋네!"

"엣헴!"

"으음…… 내 것도 수제 초콜릿 아냐?"

"수제의 방향성이 너무 달라요."

"그 말대로야, 아왓치. 아이돌인 쿠사○기 씨랑 공원에서 전라가 된 쿠○나기 씨[#6] 정도로 다르다고 말하고 싶은 거구나!"

"그건 동일인물일 겁니다."

"나, 그 사건 엄청 좋아해!"

"어쩌다 사건이 터졌는데 호감도가 올라간 건지……."

"아왓치도 그렇잖아?"

"……어라? 이상하네? 반론을 하려고 했는데 생각하면 할수록 비슷하네. 아니, 원래 인기가 없었던 만큼 내가 더 ……?"

"그걸로 된 거야, 아왓치. 역시 사람은 인간미가 있어야

#6 쿠사나기 츠요시 일본의 아이돌 그룹 SMAP의 멤버. 한국에서는 「초난강」으로도 알려져 있다. 2009년 만취한 그가 새벽에 알몸으로 공원을 활보한 사건이 있었는데, 평소 이미지도 좋았으며 언론에서의 집중적인 보도가 오히려 동정 여론을 일으키기도 했다.

호감을 사는 법."

이런 상황에서 그럴 듯한 말을 하지 말아주세요. 리액션하기 어려우니까…….

뭐, 초콜릿은 실패하지 않았는지 평가가 좋다. 이건 이겼다고 볼 수 있지 않을까?

기대를 남겨준 하레루 선배는 다음으로 가려다가…… 굳었다.

〈소우마 아리스〉: 저도 아와유키 선배의 걸쭉한 것을 쪽쪽하고 싶은 것이지 말입니다.

: 이 녀석아—!!!!

: 설마 세이 님보다 심각한 언동이 나올 줄은 몰랐다.

: 초콜릿이든 다른 것이든, 본심이겠지?

: 뭐야? 라이브온에선 전에 없던 쪽쪽 빨기가 유행인 거야?

: 상상도 못한 최악의 유행이라 완전 터짐ㅋㅋ

: 다음은 드디어 네코마~의 차례로군.

: 가장 맛을 상상할 수 없는 게 왔다.

네코마 선배가 만든 초콜릿 앞에서, 카카오 콩마저 순순히 입에 넣은 하레루 선배가 주저하고 있다. 역시 먹기 싫다는 마음이 있는 거겠지.

그래도 심사위원으로서 오기가 있는지, 초콜릿으로 코팅된 캣푸드를 입에 넣었다—.

"……어라?"

명백하게 한 번 한 번 천천히 신중하게 씹던 하레루 선배. 그러나 싫은 기색이었던 표정은 점차 빨라지는 씹는 스피드와 함께 당혹감으로 바뀌었다.

"맛없지는 않아……. 오히려 그럭저럭 괜찮은 편인가?"

"엑?!"

설마 했던 반응에 다들 놀랐지만, 제일 놀란 것은 만든 본인인 네코마 선배였다. 보기 드물게 귀염성 없는 소리까지 내버렸다.

"지, 진짜로? 어, 우에엑~ 안 해?"

"잠깐 기다려. 한 입 더 먹어보고……. 응, 역시 이거 괜찮은데!"

"말도 안 돼……."

기획으로서는 그 반응이 이상한 것처럼 생각되지만, 이번에 네코마 선배의 목표는 하레루 선배한테 한 방 먹여주는 것. 설마 적에게 도움을 주는 결과가 되자 역시 보기 드물게 명백히 당황하기 시작했다.

"거짓말이지? 아무리 초콜릿을 둘렀다고는 해도, 그거 캣푸드거든?"

"아니, 그게~. 이 캣푸드가 싱거운지 초콜릿의 맛밖에 안 나. 하지만 식감은 있으니까 좀 단단한 초콜릿 후레이크 같은 게 됐어! 삼킨 뒤에 조금 이상한 냄새는 나지만, 반대로 감점요소는 그거뿐인데?"

"그, 그게 뭐야. 그러면 네코마는 뭘 위해서 그걸 만든 거야……."

"밸런타인데이 초콜릿, 고맙습다."

"그런 말을 듣고 싶은 게 아니었는데……."

풀썩 그 자리에서 무너지는 네코마 선배. 쇼크 다음으로 분함이 찾아왔는지, 이를 악물고 있다.

"이럴 줄 알았으면 캣푸드라도 고양이캔 같은 습식 사료를 쓰면 좋았을 텐데."

"……애당초, 왜 처음부터 그걸 안 쓴 건가요? 드라이 타입보다는 훨씬 맛없어 보이는 걸 만들 수 있을 것 같지 않아요?"

신경 쓰여서 물어보자, 네코마 선배는 시선을 바닥으로 돌리며 어색하게 말했다.

"그치만…… 지나치게 맛이 없으면, 저기…… 먹는 쪽이 불쌍하잖아."

"상냥한 부분이 나와버렸잖아! 인품이 절망적으로 복수에는 적합하지 않으시네요."

"시, 시끄러워!"

양심이 남아 있어서는 복수 따위 성립되지 않는다. 네코마 선배는 처음부터 송곳니를 보여주기만 했지 깨물지 못한 모양이다.

: 네코마~, 귀엽잖아.

: 어쩐지 진짜로 흐뭇한 기획이 되어가네.

: 도리어 불행캐 전설이 더욱 가속됐군.

: 상품명을 『쭈인님에 대한 복쑤 쪼코』로 바꿔라.

〈우츠키 세이〉: 어디서 파는 줄 안다면 시온이 가지고 싶은 나머지 현지까지 전력질주할 것 같은 이름인걸.

: 와우, 네 여친 완전 라이브온이잖아!

: 지금의 시온 마마라면 할 것 같다.

: 도중에 어떤 시련이 있어도 목적지까지 달리는 걸 그만두지 않을 것 같다.

: It's My Life 인가?

: 인생을 다시 돌아봐주시길.

〈우츠키 세이〉: It's My Wife다.

"그건 그렇고 의외네~. 이런 조합도 가능하구나~. 나도 식견이 넓어진 기분이야."

오히려 복수는커녕 하레루 신배에게 새로운 발견을 주고 말아버리기만 한 것 같은데……. 뭐, 평화가 제일이야. 해피엔딩!

"이렇게 되니 아왓치의 파베 초콜릿이랑 어느 쪽이 위인지 망설여지네."

"잠깐 기다려 주세요."

그건 전혀 해피엔딩이 아닌데.

"어, 거짓말이죠? 저의 파베 초콜릿은 그렇게까지 엉망이었나요?"

"아~니! 확실하게 캣푸드 초콜릿이랑 비슷할 정도로 맛있었어!"

"전혀 이미지가 좋지 않은걸요! 싫어! 캣푸드에 지는 것만은 싫어! 그렇게 되면 정신적으로 일어날 수 없게 돼!"

"괜찮아, 스승님! 내 세계수의 씨앗이 있어!"

"그건 그냥 카카오 콩이잖아요! 절 끝장낼 생각인 건가요!"

"으음. 그렇게 맛없을까? 맛있어 보이게 생겼는데(오독오독)…… 오우아앗?! 물! 물!"

얘는 뭘 하는 거지…….

하레루 선배도 한 번 입 안을 리셋하기 위해 물을 마시고, 다음으로 나아갔다.

"그러면! 마지막으로, 보스가 만든 동물 초콜릿 쿠키네!"

"맛있게 드세요~! 그림은 미묘해도 잘 만들었으니까 맛은 확실할 거랍니다~."

"잘 먹겠습니다! 으음……?! 이, 이건!!!!"

쿠키를 먹은 순간, 하레루 선배의 눈은 이 기획이 시작된 이후 가장 반짝였고, 그때 이미 승부는 정해졌다.

밸런타인데이 초콜릿 만들기 대결— 승자는 소노카제 에에라이!

"룰루루~루♪"

기획이 끝나고 뒷정리를 돕고 있는 하레루 선배를 제외한 라이버들이 돌아갈 준비를 하는 가운데, 에에라이 짱은 아직도 기분이 좋았다.

조리에 들인 수고도 그렇고, 대거 짱의 미소를 지키는 등 여러모로 고생을 했으니까, 지긴 했지만 이 결과도 뒷맛은 나쁘지 않다(후자는 내 탓이기도 하고……).

나 VS 네코마 선배도, 상품화 불가능이란 점에서 네코마 선배의 초콜릿에는 순위가 매겨지지 않고, 필연적으로 내 승리가 되었다. 맛으로 비슷하다는 것만 해도 분하지만, 뭐 어때. 참고로 복수하지 못하고 쇼크를 받은 네코마 선배도 지금은 말짱해졌다.

그렇지만…….

"우우우우…… 시간을 되돌리고 싶어…… 나도 호오인 쿄○마[#7]처럼 되면 뇌돌릴 수 있을까……."

순위상 최하위였던 대거 짱은 당연하지만 아직 떨쳐내지 못하고 있었다.

"대거 짱, 갑작스런 기획이었으니까 딱히 반성할 일은 아니에요. 오히려 하레루 선배는 잘 했다고 생각할 테니까요."

"그럴까~?"

#7 호오인 쿄우마 게임 「슈타인즈 게이트」 시리즈의 주인공인 「오카베 린타로」가 매드 사이언티스트로서 자칭하는 중2병스러운 이름.

"라이브온으로서는 1위였다!"

"신인이라고 생각하기 어려울 정도로 재미있었던 거랍니다~."

"그래~? 으음~, 그런가아……. 좀 더 멋있게 하려고 했었는데……."

다들 그렇게 말해주지만, 양보할 수 없는 뭔가가 있는지 석연찮은 기색의 대거 쨩.

기운을 차려주면 좋겠는데, 내가 뭔가 해줄 수 있는 게 없을까?

그렇게 생각하면서 가방을 정리하고 있자니, 안에 스○○로가 하나 들어 있는 걸 깨달았다. 휴대용으로 두 개를 가져왔기에, 하나 남아있었다.

그렇지! 이걸 대거 쨩의 가방에 스윽 넣어두면, 집에 돌아간 후에 깨닫고 기뻐해주지 않을까? 서프라이즈 선물처럼!

자의식 과잉일지도 모르지만, 나를 좋아해 주는 것 같으니 기분을 해치지는 않을 것 같았다. 크게 기뻐해주지 않더라도 마시고 취해서 오늘의 실수를 잊고 자는 것도 뭐 좋으니까!

……응, 어라?

"그러고 보니, 대거 쨩은 몇 살인가요?"

"으응~? 최근 스무 살이 됐어!"

"네에?! 이미 성인이었나요?!"

"그럼!"

쪼그맣고 천진난만한 게 미성년자가 아닐까 생각했건만…….

기억상실이면서도 자기 나이를 아는 건가 싶었지만, 이쯤 되니 태클 거는 것마저 못난 짓인 것 같으니까 지금은 넘어가기로 했다…….

"그리고~ 잘 생각해 봐! 꼬맹이를 라이브온에 던져놓다니, 그건 범죄잖아."

"그건 그렇지만, 굉장한 말을 하네요. ……타다스 쨩은 괜찮은 건가요?"

"……아슬아슬하게 세이프."

뭐, 성인이라면 줘도 되겠지.

나는 몰래 스○○로를 대거 쨩의 가방에 넣고, 그렇게 다들 해산하게 되었다.

귀가해서 조금 지났을 때, 대거 쨩한테서 이런 채팅이 왔다.

〈†대거†〉: 스승님! 이거!!

동시에 내가 넣어둔 스○○로의 사진도 보내왔다. 아무래도 깨달은 모양이다.

〈코코로네 아와유키〉: 기획을 열심히 한 상입니다. 꽤 강

한 술이니까, 익숙해지기 전에는 조금씩 마셔야 해요.

〈†대거†〉: 받아도 돼?! 우와! 신이다! 스승님은 완전 GOD 스승! 고마워~!!!!

후훗. 신은 과장이라고 생각하지만, 기뻐해준 것 같아서 다행이다.

이렇게 서프라이즈로 개최된 밸런타인데이 기획은, 또다른 서프라이즈로 마무리되었다.

"후후, 후헤헤헤헤에……."

라이브온 5기생인 대거의 집. 부엌에 위치한 냉장고 앞에서, 오래도록 기이한 소리가 들리고 있었다.

그 발생원은 집의 주인인 대거. 발생 이유는 냉장고 한가운데에 자리 잡은 한 캔의 스○○로.

"아앗~↑! 받아버렸다! 스승님한테 스○○로를! 이건 엄청난 보물이야~!"

동경하는 스○○로로부터 스○○로를 받았다는 시추에이션에, 대거는 카카오 콩에 대한 것은 잊고서 환희하고 있었다. 대충 아와유키의 노림수는 성공한 것이다.

"어쩌지! 보존하고 싶지만, 동시에 마셔보고 싶어! 어쩌지~!"

그러나, 잊어선 안 된다…….

"아아~ 안 그래도 재미있는데 필요할 때는 상냥한 스승님, 좋아~! 더더욱 팬이 되어버려~! 그렇지! 다음에 시청자들한테도 이 이야기를 해줘야겠어!"

이 선물이 꽃다발도 액세서리도 아닌, 스○○로라는 것을—.

슈와 쨩의 스트리머 육성

"푸슉! 안녕안녕~! 슈와 쨩이드아~! 다들 스○○로는 손에 들었지?! 간드아아!!"

: 푸슉!

: ¥220

: 드아드아~!

: 통나무밖에 못 들어요!

: 스○○로를 통나무만큼 만능이라고 생각하는 여자.

: 통나무를 만능이라고 생각하는 그 섬[#8]의 주민이냐?

"오늘은 게임을 할 거야! 타이틀은 『인기 스트리머가 되고 싶어!』. 알고 있는 사람도 있을지 모르지만, 우선 게임 내용을 가볍게 설명할게."

이 게임은 타이틀에 있는 것처럼, 스트리머를 주제로 한 게임이다.

#8 그 섬 만화 『피안도』에 등장하는 섬. 해당 작품의 1부에선 묘할 정도로 통나무가 자주 등장한다.

주인공은 인기 스트리머를 꿈꾸며 방송을 시작한 귀여운 여자아이, 『큥 쨩』. 플레이어는 이 애의 남자친구이자 매니저가 되어, 2인3각의 활동을 시작하여 30일 만에 팔로워 수 100만 명의 달성을 목표로 하는 내용이다.

요컨대 스트리머판 육성 게임이란 거지. 현실적으로 보면 거의 불가능에 가까운 수준의 목표지만, 이건 게임이니까!

그건 그렇고, 엄청 현대적인 주제의 게임이다. 나도 VTuber긴 하지만 같은 스트리머니까, 딱 맞는 게임이라고 생각해서 골랐습니다!

"훗훗후, 이 큥 쨩은 운이 좋네. 실재하는 대인기 스트리머인 이 코코로네 아와유키가 직접 매니지먼트를 해주는 거니까! 이건 시작하기도 전부터 승리 확정이지! 그치? 시청자들!"

설명을 마친 참에, 동의를 구하며 시청자들에게 말을 했는데—.

: 자, 해산하자고~.

: 야, 해도 될 말이 있고 안 될 말이 있어.

: 할 수 없는 걸 할 수 있다고 하는 건 상냥함이 아니란 말씀.

: 불안함밖에 없는데.

: 매니저라면 일단 그 술부터 집어넣어라.

: 큥 쨩, 도망쳐!

채팅창에선 온갖 비방이 난무하고 있었다.

"어머어머, 나왔네요~. 늘 나오던 야유로군요~. 하지만, 이번만큼은 내가 유리하거든! 아마도 지금 야유를 보낸 누구보다노 스트리머에 대해서 잘 안다고, 나는! 본업이란 거지! 프로가 하는 이상, 쉽다는 차원을 넘어 신들의 놀이 수준으로 팬 수를 3조 명으로 만들어 보일 테니까! 각오해!"

: 역시 대단해! 역시 본업의 플래그 세우기는 차원이 다르구나!

: 달성 못한다는데 세이 님의 영혼을 걸지.

: 3조……?

: 솔직히 이건 될 것 같다!

: 현재진행형으로 시청자를 끌어 모으는 수완만큼은 부정할 수 없지.

: 슈와 쨩을 부정하면 그걸 보고 있는 스스로를 부정하는 셈이 된다고.

: 대체 어떻게 될까…….

"그러면 시작할까요, 게임 스타트!"

시청자들과의 익숙한 대화를 마치고 「처음부터 시작」 버튼을 누르자, 화면이 암전된 다음 귀엽게 디자인된 방송화면이 비쳤다.

그리고 그 화면에, 자신이 주역이라는듯 상반신이 커다랗게 나타난 귀여운 여자애—.

『쿵하! 너무 심쿵하게 만들면 미안해! 쿵 짱입니다!』

이 애가 바로 주인공인 쿵 짱이다.

"아~ 이 요망한 여자, 엄청 임신시키고 싶다~."

: 매니저 씨?!

: 매니저?!

: 인사 대신 성희롱이 왔네.

: 이 정도면 성희롱 수준이 아니거든.

: 남친이 아니었으면 벌써 게임 오버였다.

: 절대로 매니저를 하면 안 되는 타입인 사람이잖아.

"미, 미안미안, 무심코……. 지금 그건 방송중인 쿵 짱한테는 들리지 않았을 테니까 세이프라고 하자……."

아무래도 지금 방송 풍경은 오프닝이었는지, 금방 화면이 전환되고 쿵 짱이 할 수 있는 갖가지 행동을 고르는 화면이 나왔다.

"그렇군. 여기서 행동을 골라 성장시켜서, 방송을 보고 있는 팔로워 수를 늘리는 느낌인 거지? 사실은 아까 설명한 것도 어디서 들은 거고, 나도 이 게임은 처음이거든."

뭘 할 수 있는지 확인하려고 여러모로 움직여봤더니, 그 중에 게임 안에서 스마트폰을 여는 버튼이 있다. 시험 삼아 열어보니 쿵 짱이 보낸 채팅을 발견했다.

〈쿵〉: 매니저! 헤헤, 오늘부터 스트리머로 전념하기 위해 매니저라고 부를게! 나, 진심으로 대 인기 스트리머가 되고 싶어! 앞으로 매니지먼트 잘 부탁해!

"훗, 걱정 안 해도 돼. 큥 쨩. 누가 뭐래도 나는 라이브온의 에이스니까. 너는 내 지시를 실행하기면 하면 되는 거야."

: 짜증난다…….

: 뭐가 에이스야, 너는 오히려 조커잖아.

: 스○○로랑 같이 쓰레기봉투에 넣어서 캔 쓰레기 버리는 날에 버리고 싶다.

"그럼, 우선 뭘 시켜야 할까~."

또다시 할 수 있는 일을 확인하기로 했다.

"흐흐흠……. 여기를 누르면 방송이고…… 호오호오…… 음?"

여기저기 움직이고 있던 커서가 어느 한 곳에서 멈췄다. 거기에 표시된 것은 하트 마크가 흩뿌려진 침대 아이콘.

"흐응~."

아이콘 아래 표시되어 있는 행동 이름은『야한 일』.

"흐응~."

행동의 효과 설명도 표시되기에 한번 읽어봤다.

【스트레스와 불안도가 줄어들고, 호감도가 올라갑니다. 사용하면 하루가 경과합니다.】

"흐응~(딸깍)."

【잔뜩 사이좋게 지냈다.】

: 야아아아아아아아아아?!?!

: 망설임 없이 눌렀다아아아아!!!!

: 갑자기 뭘 고르는 거냐 ㅋㅋㅋ

: 사실상 첫 날을 낭비했어…….

: 매니저?!

게임 안의 이틀째.

"흐응~(딸깍)."

【잔뜩 사이좋게 지냈다.】

: 어라아아아아아?!?!

: 이틀 연속 ㅋㅋㅋ

: 흐응~이 아니거든!

: 우와, 진짜냐……?

: 설마…… 이 흐름은…….

그다음 나는,

"흐응~(딸깍)."

이 30일 동안,

"흐응~(딸깍)."

같은 행동을,

"흐응~(딸깍)."

반복했다.

【ED · 최종 팔로워 1명. 쿵 쨩은 팔로워 100만 명을 달성하진 못했지만, 매니저와 속도위반으로 결혼했다.】

“아~ 기분 좋았다.”

: 끝났다아아아아아아아—?!?!

: 한 말을 지키는 여자!!

: 정말로 임신시키면 어쩌냐!

: 최악 of 최악

: 결국 한 번도 방송 안 했어…….

: 이 커플, 처음부터 그런 플레이를 하고 싶었던 것뿐이잖아.

: 야겜으로 착각하고 계십니까?

: 어이, 본업!

: 네 본업은 오늘부터 씨뿌리기 매니저다.

: 아와유키 씨는 그런 사람이었군요, 알고 있었어요.

: 네 담당 매니저는 지금쯤 울고 있겠지.

: 어째서 이런 엔딩을 준비한 거냐…….

: 야한 걸 한다는 커맨드가 있는 시점에서 짐작되지 않았어?

“죄송함다. 아무리 그래노 농담입니다. 뉴 게임부터 다시 하겠습니다…….”

한 번 엔딩을 봤는데 이렇게 노하우가 축적되지 않는 게임은 처음이네……. 아니, 내가 잘못한 거지만…….

정신을 가다듬고 게임을 처음부터 재개하여, 지시할 수 있는 행동 등의 확인 작업을 다시 한다.

그리고 한 차례 확인이 끝났는데— 나는 말을 잃고 말았다.

“스○○로를 마시는 커맨드가 없다니— 큥 짱, 너는 정말로 인기 스트리머가 될 셈이 있는 거야—?"

: 매니저?!

: 빵 터졌네.

: 이 매니저, 충격적인 언동밖에 안 하는걸.

: 이대로 가면 큥 쨩이 지나치게 심쿵해서 쇼크사할 거야.

: 어후, 정말이지…… 얘 진짜 최고야.

: 커맨드에는 없어도 채팅으로 말하면 해줄지도 몰라.

"어, 채팅으로 그런 거 할 수 있어?!"

시청자가 가르쳐 준 대로 채팅창을 열고 이번에는 이쪽에서 큥 쨩에게 문장을 보내려고 하는데, 게임 화면이 이런 표기가 나왔다.

【채팅을 주고받아 큥 쨩과 커뮤니케이션을 할 수 있습니다. 장문이나 키워드가 많은 문장은 큥 쨩이 난처해할 가능성이 있으니, 가능한 심플한 문장으로 해주세요.】

"이건 채팅의 튜토리얼 같은 그거지? 어, 그러면 자유롭게 문장을 써서 보낼 수 있어? 그러면 큥 쨩이 반응해준다는 거야?! 가르쳐 줘, 야한 사람들~!"

: 그렇다.

: AI가 들어가 있어서 다양한 대답을 해준대.

: 굉장하네!

: 오히려 이 채팅이 엄청 중요해서, 이 대화로 방송 소재가 늘어나기도 함.

: 인간미가 확실히 느껴지고, 이상한 말을 하거나 기분이 틀어지게 만들면 강제 종료가 되고, 하루에 횟수 제한도 있으니까 주의해.

"그렇구나…… AI가 사용되었다는 건 게임 설명에서도 봤지만, 그렇게 자유로운 걸 할 수 있구나. 하이테크~."

: 너도 V니까 충분히 하이테크라고 생각하는데…….

: 신기할 정도로 슈와 쨩한테 테크놀로지라는 단어는 안 어울린단 말이지.

: 이 녀석의 V는 STRONG의 V니까.

: V는 어디서 튀어나온 거야?

: N의 왼쪽을 뚝 꺾어서 나머지를 휙 하고 돌리면 나오잖아!

: 그건 확실히 STRONG하네.

"좋았으! 그런 거라면 얼른 스ㅇㅇ로를 먹여보자~!"

채팅으로 문장을 입력한다.

〈매니저〉: 스ㅇㅇ로를 마시자!

〈쿵〉: 스ㅇㅇ로가 뭐야?

"우와앗! 얘는 스ㅇㅇ로를 몰라?! 분명히 슬픈 과거가 있어서 유원지에 한 번도 가본 적 없는 아이인 거야. 눈물난다."

: 유원지랑 스ㅇㅇ로의 가치를 같다고 여기는 여자애 쪽이 더 눈물겨운데요.

: 스ㅇㅇ로 1카톤을 연간 자유이용권이라고 생각할 듯ㅋㅋ

: 그럼 우리가 가르쳐 주자!

"훌쩍! 그렇네!"

〈매니저〉: 인기인이 되고 싶은 당신에게 대박 소식입니다! 윤토리에서 발매, 집에서도 간단히 슈와슈와가 될 수 있는 스○○로가 완전 위험해!! 사실은 저, 얼마 전까지는 블랙 기업에서 철저하게 혹사당하는 매일을 보내며 인생에 절망하고 있었어요……, 하지만 이걸 마신 뒤부터 방송 인기가 수직 상승해서 인생 최고조! 이윽고 꿈꾸던 대인기 스트리머가 된 이후로는 동기들로부터 구애를 받고, 선배에게도 너무 주목을 받아 이젠 목숨이 위험한 수준의 하렘 생활을 만끽 중! 자, 이걸 듣고 있는 운 좋은 당신! 다음은 당신 차례입니다! 지금 당장 주문하세요! 근처 편의점에서도 간단하게 살 수 있습니다! 자, 이 스○○로로 꿈의 스트리머 라이프를 시작해 버리죠! 사회인 1년차였던 적이 있는 SHUWATTY였습니다!

〈쿵〉: 무슨 소리야~? 더 알기 쉽게!

: 개꿀잼 ¥10,000

: 이 징그러운 문체, 그립군…… 섬광처럼 나타났다가 사라진 그 사람이다…….

: 엄청 싫어했지만 사라지길 바란 건 아니었는데.

: 어딜 어떻게 봐도 사기 광고처럼 보이지만 사실만 말했다는 게 굉장한걸.

: 사실인 건 인정하지만, 그게 가능한 거 너뿐이거든!

: 분명히 4기생과는 깊이 연관되면 신변의 위협이 있을 것 같네. ㅎㅎ

: 탈모 다음은 청초가 빠지는 탈청초 광고의 시대인가.

: 이 광고는 큥 쨩에게만 방송되고 있습니다!

: 타겟팅을 너무 좁히지 않았어?

: 광고에서 자기 이름을 부르면 엄청 무섭거든.

: 길~다.

: AI한테 광고하지 마.

"으음. 장점을 전달하고 싶었던 것뿐인데, 역효과가 났나…… 조금 부족하지만, 뭐 심플하게 대답해야지~."

〈매니저〉: 술이야.

〈큥〉: 술!

【큥은 음주 방송을 떠올렸다】

"오오! 정말로 방송 소재가 늘었어! 가르쳐준 시청자 고마워~!"

좋아좋아. 이걸로 제1단계 클리어로군.

"어라?"

클리어로 가는 줄거리가 보여서 안심한 것도 잠시, 큥 쨩에게서 채팅이 이어졌다.

〈큥〉: 으음~. ……하지만 지금 타이밍에서 술은 좀 아니지 않아~? 이제 데뷔한 참인데?

"이건…… 뭐지? 긍정적이지 않다는 걸까? 아, 튜토리얼

이 나왔네.”

【화제가 나온 방송 소재에 쿵 쨩이 긍정적이지 않을 경우, 그 방송 소재의 성공률이 내려갑니다. 방송이 제대로 안 풀리면 팔로워 수도 늘지 않습니다. 어떤 방송 소재에 긍정적이 되는지는 쿵 쨩의 패러미터, 경험, 이벤트 등 갖가지 요인으로 결정되니, 그때마다 쿵 쨩에게 맞는 방송 내용을 선택해주시면 좋습니다.】

“성공률, 그런 게 있구나……. 그야 뭐든지 잘 된다면 그러는 편이 부자연스럽네~.”

: 이건 긍정적으로 보이진 않네.

: 냉정하게 생각해서 첫 방송에서 음주는 보통이 아니지.

: 이름이랑 하는 짓이 안 맞아…….

: 성공률이라면 일단 하는 건 가능하구나.

: 어쩔래?

“으음~, 일단 설득해볼까요. 그에 따라 긍정적으로 변할지도 모르고! 내 스○○로 포교 스킬을 한 번 더 보여주마!”

〈매니저〉: 스○○로니까 괜찮아. 우주가 스○○로의 폭발에서 발생한 것처럼, 시간이 스○○로의 물방울에서 흐르기 시작한 것처럼, 생명이 스○○로의 바다에서 탄생한 것처럼— 아아, 세상은 아름다워—

〈쿵〉: 응?? 그러니까 잘 모르겠어~!

“야, 잠깐만. 이 AI 버그걸린 것 같은데~.”

: 버그걸린 건 네 머리겠지.

: 어째서 그걸로 설득할 수 있다고 생각한 거냐?

: 설령 슈와 쨩뿐이라고 해도, 여기까지 쌓아 올려온 인류의 지혜가 스○○로에 완전 패배했다는 걸 나는 믿고 싶지 않아.

: 당시 지동설을 제창한 갈릴레오를 보고 있던 사람도 이런 기분이었을까?

: 음, 아닐 걸?

: 지구는 태양의 중심에 있는 스○○로를 중심으로 돌고 있으니까.

: 이제 인류는 글렀을지도 몰라.

"아아, 그런 거구나! 다시 말해서 근거를 보여주면 되지! 그런 거구나!"

〈매니저〉: 나를 봐라.

〈쿵〉: 갑자기 왜 그래?!

"어째서인데! 이 계획의 성공 사례인 내 모습을 보면, 완전 납득해서 득남할 레벨이잖아— 미안 지금 그 발언 잊어줘, 취소취소취소취소!!"

: 이게 성공 사례의 모습인가요?

: 썰렁 개그의 성공 사례인가?

: 너는 성공계의 실패작 혹은 실패작의 성공 사례잖아 ¥2,200

: ㄹㅇㅋㅋ 왜 창피해 하는 거냐

: 얼버무리는 기세에 뿜었음ㅋㅋ 설득력이 전무한걸.

〈쿵〉: 아까부터 나를 얕보고 있는 거야?! 오늘은 이제 됐어!

"아앗?!"

강제로 채팅 화면이 닫히고, 다시 열 수 없게 돼버렸다. 아무래도 쿵 짱의 기분이 틀어져 버린 모양이다.

"사고 쳤다. 끄으으……. 어째서 스ㅇㅇ로의 매력을 알아주지 않는 거야……? 이렇게 되면 억지로라도 방송 이야깃거리로 삼을까? 아니 그래도, 안 내키는 일을 시키는 건 안 좋겠지…… 으음~. 어쩌지……."

??「어이, 아와유키! 해버려라!」

"헉?! 이 목소리는…… 아와유키의 악마?!"

아와유키의 악마「그래, 나야 나. 잘 들어봐. 지금은 꼭 마시게 해야 돼. 잘 생각해 보라고! 스ㅇㅇ로가 실패할 리가 없잖아?」

"그건…… 그래."

아와유키의 악마「애당초 말야. 이 여자의 목표는 인기 스트리머가 되는 거잖아? 그러면 매니저인 너는 그걸 위한 행동을 가장 우선적으로 해야지. 뭐, 괜찮아. 지금은 모르는 것뿐이지, 목표 달성을 위한 최적의 수단이 스ㅇㅇ로라는 걸 깨달으면 이 여자도 금방 좋아할 거야.」

"그럴지도. 그럼……."

??「아와유키 쨩! 내 의견도 들어봐!」

"어엇?! 이, 이 목소리는 설마?!"

스○○로의 천사「스○○로 밀고 다른 선택지는 없다고 봐!」

"네엡~. 그렇게 됐으니 마셔라~."

: ㅋㅋㅋ

: 이 3류 촌극은 뭐냐.

: 이게 뭐야…….

: 보통 이럴 땐 천사랑 악마가 대립하지 않아……?

: 평소에 남 잘 챙겨주던 모습은 어디로…….

"아니, 그건 그렇긴 한데…… 사실 다들 보고 싶잖아? 스○○로 루트."

: 그건 그래.

: 뭐, 동의해.

: 평소다운 술꾼 루트는 그렇다 치고, 그런 괴짜 루트는 개발자도 예상 못했을걸. 하지만 보고 싶어.

"다들 그렇지?! 평소엔 하지 않는 걸 일부러 해보는 것도 게임의 참맛이잖아! 게임은 즐기는 사람이 이기는 거야! 애당초 클리어라는 시점에서 보면 스○○로가 질 리 없으니까 이게 완벽하지만 말야~! 이 게임 최적의 답이란 말이지! 미안해, 큥 쨩! 이번에는 나를 믿어줘!"

그 말과 함께, 나는 음주 방송의 커맨드를 골랐다—.

『큥하! 너무 심쿵하게 만들면 미안해! 큥 쨩입니다!』

오프닝에서도 들은 정해진 인사말을 한 다음, 큥 쨩은 첫 방송에 와준 시청자들에게 자기소개를 시작했다. 당연히 극히 소수의 동시 접속자밖에 오지 않았지만, 10명이 보고 있든 1만 명이 보고 있든 응원해주는 사람 앞에서 나다움을 유지하는 것은 매우 중요한 일이다.

이윽고 자기소개가 끝나자, 드디어 내가 고른 방송 내용으로 들어간다.

『오늘은 술을 마셔보려고 해! 큥 쨩이 취해버려서 뜻밖의 모습을 볼 수 있을지도 모르겠네!』

그리하여 스○○로……인지 아닌지는 아무래도 모르지만, 겉으로 보기에는 츄하이 같은 술을 마시기 시작한 큥 쨩.

"후후후, 좋아좋아. 지금 이 순간부터 큥 쨩에게 스○○로의 인도가 내려졌다. 자! 다음은 몸을 맡기기만 하면 돼! 해버려라, 큥 쨩!(모 자동차 회사 CM스럽게)[#9]."

나는 멋진 목소리로 말한 후, 성공을 확신하며 방송 모습을 지켜봤다.

……그런데—.

게임 화면에 비치는 큥 쨩의 채팅창을 확인했다.

: 술 마시는구나.

: 이미지랑 달라.

#9 모 자동차 CM 일본 자동차 회사 닛산이 10여 년 전부터 써온 캐치카피,「해버려라, NISSAN」의 패러디.

: 시원스럽게 마시네…….

"어, 어라? 그다지 반응이 안 좋은 건가……?"

긍정적인 채팅도 적지는 않지만…… 오히려 조금 기겁하는 것 같은데?

"아니아니, 지금만 그런 거야! 스○○로 짱은 엔터테이너니까 후반에 확 띄워줄 거라고 믿어! 나는 방송을 껐다고 생각한 뒤에 확 띄웠으니까! 으하하하핫!"

여유를 가지고, 언제 잠재력이 폭발할까 기대에 부푼 가슴으로 경과를 지켜보았다.

그리고— 마지막의 마지막까지, 그때는 오지 않았다.

【방송이 잘 안 돼서, 팔로워 수는 거의 안 늘어났다.】

"……어?"

화면에 표시된, 방송 결과를 고하는 문자. 분명 읽었을 텐데 머리가 이해하지 못한다. 지금까지 없었던 경험에 숨이 막힐 것 같다. 몸의 중심이 뜨거움과 동시에 차가운 것 같기도 하다. 이대로 가면 위험해. 은연 중에 알고는 있었지만 몸을 움직이지 못하고 눈꺼풀마저 닫는 것을 거부한다.

"어? 이거 뭐야? 어? 잘 안 됐다니, 무슨…… 말이야? 스○○로 짱, 어라? 어?"

슬슬 공포마저 느끼기 시작했을 무렵, 나는 언제나 시청자들이 함께 해준다는 걸 떠올렸다.

도움을 청하려고 돌처럼 굳은 고개를 억지로 비틀어, 채팅창으로 시선을 돌렸다.

누가 이 광경을 부정해줘, 누군가—.

: 아…….

: 실패했군…….

: 사고 쳤구나, 큥 쨩.

: 진짜냐……?

: 스○○로, 설마 했던 패배…….

"———."

이윽고 신뢰하고 있던 시청자들이 게임 화면 결과를 인정하는 걸 봤을 때— 드디어 나는 무슨 일이 일어났는지 이해했다.

"—우윽."

하지만 그건 나에게 너무나도, 너무나도 받아들이기 어려운 것이라—.

"우와아아아아아아아아아아아아아아앙!!!!!!!!"

나는 큰 소리로 울부짖을 수밖에 없었다—.

: 슈와 쨩?!

: 왜 그래?!

: 지, 지지지지진정해!

: 진짜로 우는 거야?!

: 울지 마라…….

"그치마안! 그치마아아안!! 스○○로…… 스○○로 쨩이

이이이이이이!!!! 우하아하아아아아아아………… 우, 우윽. ……스ㅇㅇ로, 스ㅇㅇ로…… 우기기기애애애애애애애애애애—?!?! 그럴 수가! 그럴 수가아아!! 스ㅇㅇ로 짱이 지는 건 싫어어어어어어어으애애애애애앵—!!!!"

: 시끄러워어어어어!!!!ㅋㅋㅋ

: 아니, 웃으면 안 될지도 모르지만 이건 웃어도 될 듯.

: 울ㅇ라맨이 지는 걸 본 어린애의 반응이구만.

: 눈물을 닦아주마. ¥50,000

: 돈으로 울음을 멈추려고 하지 마!

: 오히려 어째서 이길 수 있다고 생각한 건지 모르겠고, 마찬가지로 이길 수 있겠다고 생각한 나 자신도 이해가 안 됨.

: 이만큼 진짜로 우는 어른은 처음 봤을지도…….

: 웃긴 했는데 너무 박력이 넘쳐서 어쩐지 나까지 괴로워졌다…….

그대로 얼마간, 무너진 댐처럼 나는 울부짖었다.

그럴 때도 시간은 평등했다. 때로는 엄격한 선택을 강요하는 시간의 흐름, 하지만 그건 지금처럼 상냥하게 내 마음을 진정시켜주기도 한다.

"훌쩍. 미안, 좀 진정됐어."

울다가 지친 머리로 다시 한 번 게임 화면을 보고, 무슨 일이 일어났는지 생각했다.

"……앗."

그렇게 나는 마침내 자신이 얼마나 어리석었는지를 깨달았다.

"아직 끝난 게 아니잖아!"

게임 화면에 보이는 것은 게임 오버가 아니라, 첫 방송을 하기 전과 마찬가지로 다음 방송 준비였다.

"그렇구나— 그런 거구나, 스○○로 쨩! 첫 방송은 일단 분위기만 파악한 거구나!"

그렇다. 냉정하게 생각하면 스○○로가 질 리가 없었다.

"그런 거지! 나도 데뷔하고 얼마간 지난 뒤부터 상승세였는걸! 고생을 했기에 성공이 빛난다는 거구나! 크으~! 역시 스○○로 쨩은 엔터테이너인걸! 잘 알고 있잖아~!"

아아, 나는 얼마나 바보였던 거지.

"시청자들에게도 갑자기 울어버려서 미안해. 하지만 스○○로 쨩의 생각을 이해했으니까 이제 괜찮아. 이대로 계속 진행한드아~!"

이렇게 나는 스○○로 쨩의 숨겨진 의지를 짐작하여 절망으로부터 다시 올라와, 게임에 복귀할 수 있었다.

이것이 바로 사랑이 이룩하는 위업이다.

: 그, 그래…….

: 얘 정말로 괜찮냐?

: 괜찮았으면 라이브온에 없겠지.

: 스○○로가 말하는 거니까 문제없군!

: 다음이 기대된드아~!

자, 다시 시작이다. 스○○로여, 큥 짱을 각성으로 이끌어다오.

"아니, 잠깐. 내가 질투해버리지 않을까 걱정해서 스○○로 짱이 큥 짱한테 집중하지 못했을 지도 몰라! 후훗~ 걱정하지 마, 스○○로 짱. 나는 모두에게 평등한 당신의 그런 부분도 좋아해. 그러니까 지금은 큥 짱에게 힘을 빌려줄래? 응. 그러면 그런 불안도 날아가 버릴만한 걸 해, 줄, 게♥"

코스터 위의 스○○로를 손에 집어, 입가로 가져갔다.

"쪽."

사랑스런 캔의 마음에 응답해주기 위해— 나는 그 음용구에 입맞춤을 했다.

"~~쪼오옥…… 쭈우우…… 쭈우우우우루루부부부부~~!!!!!!"

: 야아아! 소리, 소리!!!!

: 너무 열렬한데…….

: BAN 당한다! 스○○로에 딥 키스해서 BAN 당한다!

: 재미있는 BAN 사유 선수권이라도 참가하고 싶은가?

: 망측하답니다!

〈소우마 아리스〉: 감사합니다감사합니다감사합니다감사합니다하지만분하다분하지만감사합니다그래도분해하지만스○○로쨩이라면가가감사사사부부분해해해합니다흥분으

로뇌가뇌가아아아으아아아 ¥50,000

: 아리스 짱, 너란 녀석은……(울음)

: 이건 뇌가 완전히 불타버렸네요…….

: 청초를 음독하면 스○○로라고 생각하던 여자.

—아아, 스○○로랑 키스하는 내 모습. 이 얼마나 태평하단 말인가. 하지만 어쩔 수 없다. 이때의 나는 그런 일이 일어난다고 상상도 못했으니까.

"—으랏차! 좋아! 지금이지 않을까, 스○○로 짱?! ……아닌가."

그렇게, 아무리 기다려도 기다려도 기다려도—

"여기다! 완벽한 찬스! 이제 중반이니까 여기를 놓치면 뒤가 없어!! ……어째서어?! 지금이 최고의 찬스였잖아, 스○○로 짱!!"

게임이 끝나는 진짜 마지막의 마지막, 그 순간까지—

"이제 이러다 30일이 끝나버려어!!!! 스○○로 짱! 부탁해! 부탁해애애!! 전 세계가 뒤집어질 정도의 대역전을 보여줘어어어어어—!!"

그 스○○로 짱이— 꼼짝도 해주지 않다니—

【ED · 최종 팔로워 수 2만 명, 쿵 짱은 대인기 스트리머가

되는 건 포기했지만, 취미삼아 방송을 계속하기로 했다.】

"아."

크아w세

"아아."

쿠아w네drfgy

"아아아아아!!"

쿠아w네drfgy후지코lp스스스스습스습스스스습트트트스스스스스스트제제제제제제제

"으갸아아아아아아아아아아아악!!!!!!!!"

: ㅋㅋㅋㅋㅋㅋㅋ

: 드디어 정신이 붕괴해버렸군…….

: ㄹㅇㅋㅋ 오늘 진짜 얘 정신 상태 왜 이래?

: 워~ 워~ 워…….

: 절망 너머까지 가버린 거로구나.

: 어쩔 수 없어. 슈와 쨩한테는 천지가 뒤집어진 거나 마찬가지니까.

: 스○○로의 완전 패배로군요…….

"미안. 지금부터 ○ 지릴게."

: ?!?!

: 아앙?!

: 야야야야야야!

: 이번엔 뭐야?!

: 스톱, 스토오오옵!

"다들 말리지 마! 분명 내가 너무 청초한 탓에 카오스함으로 살아가는 스○○로 짱이 나에게 정이 떨어져 버린 거야! 토하는 건 이미 해버렸으니까 나를 다시 한 번 돌아보게 만들려면 이것밖에— 방송에서 ○을 지리는 길밖에 안 남았어!!"

: 죽어도 그럴 일은 없으니까 안심해도 된다.

: 아와유키 짱이 청초할 리가 없잖아!

: 괜찮다. 지리든 지리지 않든 너는 언제나 너다.

: 자신의 지저분함을 너무 비하하진 마!

: 사고회로에 ○이 가득하군요.

"너희들 말야……. 하아~, 어쩐지 평소랑 같은 채팅창 덕분에 진정했으니까 이제 됐어……."

: 감삼다~.

: 다행이군…… 하마터면 전설이란 이름의 흑역사가 늘어날 참이었어…….

: 조금 있으면 배변하면서 스○○로에게 다시 합치자고 달려드는 완전 위험한 여자를 볼 수 있었다고 생각하니 아쉽기도 하네. ¥211

: 버리지 말아줘~!!(뿌지지직!!)

: 이젠 모든 게 다 지저분하다!

"그, 그렇구나. 어떻게든 해야 한다는 생각이 너무 강해서 이상한 말을 해버렸어……. 아무리 그래도 반성합니다…….”

……큭. 그래도 역시 이건 스○○로 짱답지 않아……. 대체 무슨 일이 일어난 거지……?

방송 시간은…… 아직 여유가 있어, 좋아!

“그러면 다음 플레이가 마지막! 작전을 다시 짜서 이번에야말로 팔로워 100만 명 달성한드아~!”

자, 우선 할 일은 지금 말한 것처럼 작전을 다시 짜는 거지. 이대로는 안 돼…….

인기를 얻는데 필요한 요소…… 역시 개성이네. 하다못해 더욱 개성을 강하게 할 수 있으면 말이지……. 그렇지. 지금 언뜻 떠올린 건데, 어떻게든 해서 이런 느낌의 캐릭터를 만들 순 없을까?

이름: 파피루스 3세(2세라고 불러줘!)

직업: 메이드 카페의 메이드

특기 요리: 비프 스트로가노프

입버릇: 메이드 · 인 · 파피루스

장래의 꿈: 전 인류를 파피루스, 혹은 FIRE.

한 줄 메모: 오므라이스에는 케첩으로 4세라고 쓴다.

……이건 아니지. 만약 가능하다고 해도 이건 아니야. 노림수가 뻔히 다 보이는 정도라면 몰라도, 이 정도가 되면

찐으로 위험한 녀석이잖아. 라이브온의 새 기수 같아졌잖아. 대체 난 뭘 언뜻 떠올리는 거야.

그런가…… 완선히 라이브온 기준으로 생각해버렸구나, 나는. ……지금까지는 이래서 안 됐던 걸지도 몰라…….

"다음은 어떤 육성 플랜으로 갈까……."

: 분명 스○○로가 부족했던 거야. 더욱 슈와슈와하게 가자.

: 아니, 오히려 이 때야말로 타이밍을 간파해서 스○○로를 투여해야지!

: 스○○로는 마이너스를 플러스로 바꾸는 작용이 있으니까, 가장 떨어졌을 때가 제철이지.

: 학회에서는 스○○로가 대상에 −196을 곱하는 효과가 있다는 설이 지배적이다. 다시 말해서 그 대상도 마이너스가 아니면 플러스가 안 되는 거구나.

: 0라는 개념이 스○○로의 마이너스 효과를 완전히 중화할 수 있는 수치라는 것으로 정의되어, 여기서부터 숫자가 태어난 것은 유명한 이야기다. 마이너스를 제로라고 부르는 유래도 스○○로에서 왔다. ¥2,200

: 오, 여긴 무슨 위험한 이세계냐?

채팅창의 시청자들도 리벤지에 불타며 여러모로 스트롱 아이디어를 내준다. 그렇지만…….

"으음~. ……진심으로 유감이긴 하지만, 마지막은 스○○로를 빼고서 해볼까……."

예상대로였지만, 내 발언에 술렁거리기 시작하는 채팅창. 당연히 이런 말을 한 것에는 그만한 이유가 있기 때문이다.

"나는 큥 쨩의 매니저라고. 그리고 말해버렸어. 『진심으로 대 인기 스트리머가 되고 싶어!』라고. 그러니까 무슨 일이 있어도 그 마음에 응답해줘야지. 두 번이나 실패한 이상, 여기서 스○○로를 더 미는 건 너무 리스크가 커. 그러니까 다음은 큥 쨩이랑 뭘 할 건지 꼼꼼하게 대화하면서, 2인3각으로 해볼게!"

: 좋구만…… 좋아……!

: 훌륭해졌구나……(뒷좌석에서 팔짱 낀 아버지 얼굴)

: 너무 멋져서 반해버렸어.

: 세계 제일로 스○○로인 훈남!

: 너의 그런 부분을 좋아했다!!

후훗. 그러면 심기일전, 시작해볼까요!

이리하여, 나는 큥 쨩과 꿈을 향한 최후의 도전으로 발을 내디뎠다.

—이번에는 둘이서, 발걸음을 맞추어.

방송 소재를 정할 때는 반드시 채팅으로 큥 쨩의 몸 상태나 기분을 확인하고, 그것에 가장 어울리는 방송 소재를 제안한다.

"어떨까? 이번에는 큥 쨩도 의욕이 가득했는데……."

【방송은 대성공했다. 팔로워 수가 크게 증가했다.】

"아싸아아아아아! 잘 했어, 큥 쨩~! 좋~아좋아좋아좋아!!"

때로는 기분전환으로 방송을 쉬고, 외출을 하거나—.

싫은 일이 있어서 큥 쨩이 불안정해졌을 때는, 다시 한 번 일어서도록 돕거나—.

그런 스트리머로서 충실한 나날을 반복했다.

—그러면서, 나는 점점, 『어떤 것』을 깨달았다.

그리고 그것은— 이 화면을 봤을 때 확신으로 바뀌었다.

【ED · BEST END. 큥 쨩은 팔로워 100만 명을 달성하여 꿈을 이루었다.】

엄청 기뻐하며 이쪽으로 안겨오는 큥 쨩을 마지막으로, 화면에 스태프 롤이 흐른다.

: 100만 달서어어어엉!!

: 축하해애애애애!!

: ¥8,888

: 수고!

: 클리어해서 다행이다…….

그렇다, 클리어다. 이것은 불평 하나 없는 게임 클리어.

축복과 클리어의 여운이 날아다니는 채팅창.

그러나— 그런 소란스러움의 이면에서, 나는 내심 패배감을 느끼며 하늘을 우러러 보고, 『그 사람』을 떠올렸다.

"그렇구나. 그런 거였구나……. 아하핫. 역시 굉장하네. 『스○○로 쨩』은."

: 응?

: 으응?

: 또 뭔 소리를 시작했는데?

: 이번에는 한 번도 안 마셨잖아…….

: 어디서 나온 말이야ㅋㅋ

"다들 아직 모르겠어? 하아, 아직 멀었네에……. 스○○로 쨩은 말야. 나한테 『매니저』로서 살아가는 법을 가르쳐 준 거야."

어째서 두 번이나 스○○로 쨩은 힘을 빌려주지 않았을까? 지금이라면 알 수 있다. 그것은 나를 위한 일이 되지 않기 때문이다.

"이 게임에서 내 역할은 매니저. 그리고 매니저라는 존재는 자신의 생각을 밀어붙이면 너무 나서는 것이며, 동시에 억지를 받아들여주기만 해서는 성공의 길을 걸을 수 없다. 매니지먼트란 매니저와 매니지먼트 대상의 2인3각. 서로가 서로를 신뢰해야 올바르게 성립하는 거야. 처음에 나는 그걸 깨닫지 못하고 큥 쨩에게 내 의견을 밀어붙였어. 그러니까 그때 스○○로 쨩은 진 게 아냐. 일부러 힘을 발휘하지 않아서 나한테 그건 틀렸다고 가르쳐준 거야!"

복선을 회수하는 것처럼, 모든 점과 점이 이어진다—.

"스○○로 쨩, 한심한 모습을 보여줘서 미안해……. 하지만, 당신의 마음이 전해졌어! 그러니까— 그러니까 지금은 이렇게 말할게!"

자 모두들! 손에 든 스○○로를 하늘 높이 치켜들고, 드높이 외치자!

"내 완패에 건배!!!!"

: 앗, 그럼 저는 이만 먼저 실례할게요.

: 너, 이제 스○○로면 뭐든 OK인 거 아니야?

: 하아……(엄청 커다란 한숨).

: 이거 사실은 세뇌를 주의환기하기 위한 실제 사례 방송 같은 건가?

: 오랜만에 제정신이 아닌 면을 봐서 즐거웠어!

"그렇지! 이 방송으로 매니저의 소중함을 새삼 알게 됐으니까, 마지막으로 내 매니저한테 전화로 감사를 전하고 끝내야지! 매니저도 보고 있을까~."

그렇게 말하며 스즈키 씨한테 전화를 걸자, 통화음이 한 번 가자마자 전화를 받았다.

"앗, 여보세요? 매니저? 방송 봐줬구나! 있잖아. 언제나 고마— 어어? 「저는 아와유키 씨를 이 여자 엄청 임신시키고 싶어~」라고 생각 안 한다고요? 앗, 아니 그건 저기,

앗, 죄, 죄송함다죄송함다! 그건 아니에요! 그건 저기, 그게…….”

내 매니저 스즈키 씨는, 쿨하지만 가끔 장난기가 있는 멋진 사람입니다.

막간 대거의 빠진 칼날

"으음……."

시계열로 따지면 밸런타인데이 기획으로부터 하룻밤 지난 대거의 집. 그곳에는 냉장고의 센터 포지션에 자리 잡은 스○○로 앞에서, 혼자 그것을 지긋이 바라보는 집 주인의 모습이 있었다.

언뜻 밸런타인데이 기획 직후와 다를 바 없는 광경. 그러나 한 가지 결정적인 차이가 있었다. 그것은 대거의 모습이었다.

"으음……. 어쩌지……."

엄격한 표정으로, 스○○로를 앞에 두고 으음~ 으음~ 여러 번 끙끙대는 소리를 내는 대거. 어제 아와유키로부터 스○○로를 받았다는 것을 깨달은 이후로 아무 용건도 없으면서 냉장고로 향해 안에 자리 잡은 스○○로를 바라보며 싱글싱글 웃고, 만족하면 자리를 벗어났다가, 또 몇 분 뒤에 냉장고로 가기를 반복……. 냉장고 입장에선 민폐 되는 행동을 여러 번 반복하던 대거였지만, 그녀의 표정만은 횟수를 거듭해가며 싱글싱글 웃으며 좋아하는 모습에서 지금처럼 변화했다.

그 이유는 이랬다.

"언제 마시면 좋을지 모르겠어……."

바라보면 바라볼수록, 대거에게는 이 캔 츄하이가 신성한 것으로 보이게 돼서 어떻게 다뤄야 할지 모르게 되어 버린 것이었다.

"역시 이대로 보존해 버릴까? 아니야, 그러면 마시라고 준 스승님한테 미안한걸. 그리고 마시고 싶은 마음도 있고……."

물론 그것은 아와유키에게 받았다는 요소를 제외하면, 편의점에서 가볍게 살 수 있는 술이라는 것은 변함이 없다. 그러나 대거에게 이 물건의 가치는 가격에 있지 않다. 이 스ㅇㅇ로는 이른바 동경하는 선배로부터 받은, 아와유키의 소중한 것. 그것은 대거에게 무엇과도 바꿀 수 없는 보물이었다.

그러나 이 보물은 소비하는 것을 목적으로 대거에게 넘어왔다. 또 보존이 된다고 해도 언젠가는 상해버리는 것이기도 하다. 그렇다면 신선도를 유지하고 있을 때 마셔버리는 것이 바로, 건네준 아와유키에 대한 최대한의 예의가 아닐까? 선물이 선물이기에, 이것은 대거를 진심으로 고민하게 만들었다.

"으음~. ……그렇지, 일단 선배한테 상담해 보자!"

고민하던 대거는, 다른 사람의 의견을 들어보기로 했다.

우선 동기 두 사람에게 물어볼까 생각했지만, 지금까지 그 두 사람에게는 하염없이 스ㅇㅇ로를 자랑해서 질색해

버렸기 때문에, 대거는 한가해 보이는 선배에게 채팅으로 물어보고자 정했다. 대거는 5기생 중에서는 특히 높은 커뮤니케이션 능력을 가지고 있으며, 대부분의 선배들과 편하게 연락을 할 수 있었다.

먼저 대화 상대로 고른 것은, 같은 상황에 처했을 때 비슷한 심경이 될 것 같다고 생각한 4기생의 소우마 아리스.

〈†대거†〉: 있지, 아리스 선배. 스승님한테 스○○로를 받았는데, 어떡하면 좋을까?

〈소우마 아리스〉: 잠깐만 기다려, 총자산을 확인하고 있는 것이지 말입니다.

〈†대거†〉: 얼마를 내든 절대로 안 팔 거야!

〈소우마 아리스〉: 그치만, 그치만! 치사한 겁니다! 하다못해 어떻게 받은 건지 정도는 가르쳐주는 것이지 말입니다!

〈†대거†〉: 밸런타인데이 기획 때 생각대로 잘 안 풀려서 침울해 있었더니, 받았어!

〈소우마 아리스〉: 호오! 스○○로가 넝쿨째인 것입니다!

〈†대거†〉: 그걸 말하자면 호박인데…… 아니, 스○○로를 받았으니까 맞는 건가…….

〈소우마 아리스〉: 헉?! 그렇다면 저도 아와유키 공에게 보낼 밸런타인데이 초콜릿 만들기에 실패한다면, 스트제로를 받을 수 있는 것 아닙니까?!

〈†대거†〉: 의도적으로 맛없게 하는 건 나쁜 짓이라구!

〈소우마 아리스〉: 괜찮습니다. 친애하는 분이 드시는 이상, 맛은 제대로 챙길 것이지 말입니다.

〈†대거†〉: 그러면 어떻게 실패하겠다는 건데? 형태?

〈소우마 아리스〉: 초콜릿을 포장하는 포장지를, 제 이름을 기입해둔 혼인 신고서로 해두는 실수를 하는 것이지 말입니다!

〈†대거†〉: 완전진심 초콜릿의 발상이 무서워…….

〈소우마 아리스〉: 그렇지! 하나 가르쳐 줬으니까, 이쪽도 질문에 대답해주는 것이지 말입니다! 받은 스○○로 말입니다만, 아와유키 공에 대한 감사의 마음이 있다면 대거 쨩이 쓰고 싶은 대로 쓰면 되는 거라고 생각하는 것입니다. 중요한 건 사용법이 아니라 감사한 마음을 잊지 않는 거라고 생각하지 말입니다.

〈†대거†〉: 그런가…….

괜한 말은 많아도, 질문에 진지하게 대답해준 아리스. 그녀 또한 한 명의 선배였다.

"으음……. 내가 쓰고 싶은 대로……."

그걸 잘 몰라서 고민하고 있었기에 다시 끙끙대고 마는 대거였지만, 적어도 아리스의 말로 뭔가 행동하는 것에 주저하는 마음은 떨쳐냈다.

조금 더 다른 선배의 의견을 들어보고 싶었다. 아리스에게 감사 인사를 한 다음, 다음으로 대거가 말을 건 것은 2기생인 카미나리 시온이었다.

〈†대거†〉: 시온 선배, 시온 선배! 스승님한테 스○○로 받았는데 어떡하면 좋을까?

〈카미나리 시온〉: 스○○로 젖병 플레이를 하고 싶구나! 내일 마마의 집으로 오렴!

〈†대거†〉: 아니, 그럴 셈은 전혀 없는데…….

〈카미나리 시온〉: 하지만 대거 쨩의 스승은 했는걸?

〈†대거†〉: 앗?! 그, 그러고 보니!! 우리 스승님은 젖병 플레이를 했었어!

〈카미나리 시온〉: 그럼 결정된 거네! 우와앗! 흥분해서 벌써 진통이 와버렸어!

〈†대거†〉: 어어…….

다행히도 시온의 광기적인 발언 덕분에, 대거는 한 발 늦기 전에 냉정해질 수 있었다.

〈†대거†〉: 여, 역시 젖병 플레이는 그만둘래! 나는 멋짐을 추구하니까!

〈카미나리 시온〉: 으응~? 진통이라고는 해도, 낳는 건 당연히 대거 쨩인데?

〈†대거†〉: 한 번만 봐주세요…….

시온의 심연은, 대거가 건드리기에는 너무 일렀던 모양이다.

〈카미나리 시온〉: 유감이야…… 저기, 받은 스○○로를 어떻게 하면 좋을지 물어본 거였지? 애당초 어쩌다가 받은 거니?

〈†대거†〉: 내가 풀이 죽은 걸 걱정해서, 기운 나게 해주려고 준 것 같아!

〈카미나리 시온〉: 그러면, 대거 쨩은 지금 풀이 죽어 있니?

〈†대거†〉: 으음~. ……그렇지는 않은 것 같아. 받은 것만으로 기운 났어!

〈카미나리 시온〉: 그래그래. 그러면 이제 마시든 바라보든 목욕을 시키든 젖병으로 마시든 마음대로 해버리자!

〈†대거†〉: 으으음…… 그래도 되는 걸까?

〈카미나리 시온〉: 아와유키 쨩은 그 스○○로를 대거 쨩이 기운 날 수 있게 해주려고 준 거잖아? 그러면 그 목적은 이미 달성한 거야. 다시 말해 여기서부터는 대거 쨩 스스로 판단해도 된다는 거지! 분명 아와유키 쨩도, 기왕 기운 나게 해주려고 해서 건넨 선물로 대거 쨩이 고민하길 바라지는 않을 거야.

〈†대거†〉: 그건 그렇네…….

광기를 품고 있지만 역시 라이브온의 마마. 자주성을 존중하면서, 적절한 말로 대거를 인도해주었다.

대거는 시온에게도 감사 인사를 하고, 다시 한 번 눈을 감고 생각했다.

아리스와 시온, 두 사람과 대화하고서 대거가 내린 결론은—.

"응! 일단 보면서 즐기고, 주변에 마구 자랑하고, 언젠가

여차하는 타이밍이 발견됐을 때 마셔야지!"

그것은, 틀림없이 대거다운 결론이었다.

"그건 그렇고, 역시 선배들은 굉장해~."

시원스러운 마음가짐으로 스마트폰의 화면을 끈 대거는, 천장을 올려다보며 문득 그렇게 말했다.

"후배의 고민에 조언만 하는 게 아니라, 방송도 아닌데 당연한 것처럼 재미있는 대화를 할 수 있어……. 아니, 조언은 아직 못할지도 모르지만, 분명 재미있는 이야깃거리라면 동기인 타다스 쨩이랑 선생님도 만들 수 있겠지. 역시 라이브온은 굉장해……."

한 번 갠 마음에, 이번엔 다른 먹구름이 드리우기 시작했다.

"그에 비해서 나는……."

사실 대거에겐, 동기에게도 말 안 한 커다란 콤플렉스가 있었다.

"기억상실이라고 말은 하지만, 속으로는 평범하니까……."

대거는, 타다스의 은밀한 페티시나 츄리리의 사물 커플링 페티시 같은 커다란 개성이 자신에게 부족하다고 언제나 생각하고 있었다.

대거가 라이브온에 들어오려고 생각한 이유도, 동기 두 명과 달리 『그저 엄청 좋아해서 들어오고 싶었다』는 것뿐이었다. 그걸 위해서 대거는 몸을 던질 각오로 기억상실을 꾸며내고, 오디션에 도전한 것이다.

결과적으로 붙을 수 있었고, 데뷔 당초에는 동경하는 사람들과 직접 만날 수 있다는 기쁨에 그다지 신경 쓰지 않았다. 하지만 대거는 라이버 활동에 익숙해지기 시작할 무렵부터 점점 『동경하는 세계에 내가 걸맞는가』라는 새로운 고민에 직면하게 되었다.

스스로는 열심히 하고 있다. 그러나 기억상실이라는 거짓말을 계기로 오디션을 돌파한 이상, 그것이 벗겨진 진짜 자신에게 라이버로서의 자신감을 가지지 못하고 있었다.

대거는 전혀 재주 좋은 사람이 아니다. 도리어 순진한 쪽에 가깝다. 자신이 생각하는 중2병 캐릭터의 어조를 지키는 것조차 겨우 해내고 있으며, 방송 중에는 몇 번이나 기억상실을 의심받는 발언을 하는 실정이었다.

그것마저 귀엽다고 말하며 인정해주는 시청자들에게는 정말로 감사하고 있지만, 그것도 기억상실 설정이 있기에 그런 것이지, 대거 본인의 자신감으로 이어지진 않았다.

다시 말해 대거는, 거짓이 없는 자신에게는 라이브온의 라이버로서의 가치가 없다고 생각하는 것이다.

"아니, 아니. 풀이 죽어 있을 때가 아니야! 열심히 해야지! 라이브온의 일원이기 위해서!"

그러나— 대거는 착각하고 있는 것이 몇 가지 있었다.

우선 첫 번째는 기억상실이라고 꾸민 것만으로 합격할

수 있을 만큼 라이브온의 오디션은 무르지 않다는 것.

다음으로, 그저 엄청 좋아해서 들어오고 싶다는 이유에 비난받을 요소 따위 없다는 것.

그리고 마지막으로— 아와유키에게 받은 것은, 역시 결국은 스○○로라는 것이었다—.

제2장

모두의 방송을 보러 가고 싶었다

"여러분, 안녕하세요? 오늘 밤도 예쁜 담설이 내리네요. 코코로네 아와유키입니다."

청초한 인사로 시작된 청초의 청초에 의한 청초를 위한 방송. 오늘은 아와 짱 모드인 것이다.

다시 말해서 오늘은 금주일……이긴 한데, 사실 오늘 술을 안 마신 것에는 다른 이유가 있었다—.

"어~ 일단, 갑자기 이렇게 말하면 한심할지도 모르겠습니다만…… 저는 오늘 조금 피곤합니다……."

그것은 너무나도 생물적인 정지 상태— 열심히 노력하고 있다는 것의 증명.

그렇다. 지금 나는 지쳐있었다…….

"요전의 밸런타인데이 기획에서 익숙지 않은 일을 하느라 피로가 쌓이고, 그리고 어제는 휴식을 했을 텐데요. 어째선지 오늘 아침 눈을 떴을 때 피로가 사라지긴커녕 일어나는 것도 귀찮아질 정도의 권태감이 몸을 좀먹고 있었습니다……."

: 괜찮아?

: 무리하지 마…….

: 너, 어제 큥 쨩 육성하면서 우리가 걱정할 정도로 엄청 날뛰었잖아.

: 과음하고 날뛰어서 지친 거 아냐?

: 너, 속였구나?

: 이 녀석은 고약해! 토사물보다 더한 구린내가 풀풀 풍겨![#10]

: 실례잖아. 아와유키 쨩은 토사물의 냄새가 날뿐이야.

: 리얼리티가 있는 만큼 더 심한 대사인걸.

"네, 그리하여 오늘의 기획은 말이죠! 이럴 때야말로 최애의 방송을 보고 기운을 받는 거예요! 저도 한 명의 시청자로서, 여러분과 함께 라이브온 라이버의 방송을 보러 가고자 합니다! 이전에도 비슷한 걸 했었죠. 그거랑 컨셉은 거의 같네요."

태클투성이가 되는 채팅창을 무시하고 억지로 기획을 설명한 다음, 나는 양손을 번쩍 뻗으면서 기지개를 켰다.

"으응…… 후우. 여러모로 말씀하시고 계시지만, 피로가 남은 건 사실이랍니다……. 한동안 조금 예상 밖의 일에 너무 휘둘렸네요……. 잠시 쉬는 것도 머리를 스쳤습니다만, 쉰다고 해도 뒹굴뒹굴하면서 방송을 보는 것 정도니까 그럴 거라면 방송이나 켤까 해서요. 만약 내일이 되어서 피

#10 이 녀석은 고약해! 해당 대사는 만화 『죠죠의 기묘한 모험』 1부의 등장인물 「로버트 E.O. 스피드왜건」이 작중 거짓말을 하던 「디오 브란도」를 향해 외친 대사.

로가 풀리지 않으면 쉴지도 모릅니다. 양해해 주세요…….”

: OK!

: 오늘은 편하게 가자고~.

: 열심히 노력하고 있구나…… 내용은 그렇지만.

: 어떤 바보 같은 일이라도 진심으로 하니까, 지치는 것도 이해돼.

: 그건 이미 변명이 불가능한 수준의 예능인인 거 아냐……?

내가 여태까지 라이버 일을 해오면서, 앞으로도 오래 계속하기 위해 중요하다고 생각한 것 중 하나는, 피곤하다는 걸 솔직하게 말한다는 것이다.

히카리 쨩이 목을 망가뜨렸을 때도 그랬지만, 인기가 모든 것을 좌우하는 업계이기도 하기 때문에 자신의 완벽한 모습이나 추구하는 자신을 시청자에게 보여주고 싶어지는 것이 라이버다.

그러나 시청자의 시점에서 보면 꼭 그렇지 않은 경우가 많다. 적어도 나는 최애 라이버가 행복했으면 좋겠고, 무리를 하고 있는 모습은 보고 싶지 않다. 오히려 약해진 모습이나 축 늘어진 모습이라도, 그걸 보여줄 만큼 마음을 허락해줬다는 것이 기뻐진다. 그러니까 레어한 최애의 모습을 보고 싶단 거지!!

켕기는 일이 있다면 모를까, 가끔 지친 것 정도는 말하는 게 뭐가 잘못이야! 건전한 활동은 라이버와 시청자 사이에 신뢰관계가 있기에 성립한다. 늦은 뒤엔 양쪽 다 후회할 뿐이니까.

"전에 했을 때와 마찬가지로, 사전에 보러 간다고 채팅으로 라이버들에게 허가를 받았어요. 누구를 보러 갈 것인가는 아직 정하지 않았지만요. 해당 라이버 채팅창에 제가 보고 있다고 이야기를 해도 되지만, 거기에 반응할지는 각 라이버에게 맡기기로 했어요. 요컨대 분위기를 읽으면서 즐기면 됩니다!"

: 네~에.

: 잘 짚고 넘어갔네.

: 완전히 우리랑 같은 시점에서 볼 생각이네ㅋㅋㅋ

: 역시 라이브온 소속의 공식 팬.

: 너무나도 강한 존재야.

후후훗. 이 정도로 단단히 말을 해두는 것도 나 자신이 한 명의 팬으로서 라이버의 방송을 보기 위해! 오늘은 철저하게 객관성을 유지하여 라이브온다움을 발산하지 않고 보충하여, 기운을 받는 거야!

매일같이 방송하는 몸이라면 실시간으로 시청할 기회가 적은 라이버도 있으니까. 하지만 오늘은 그런 건 상관없지! 텐션이 오르기 시작했다!

"그러면 시청하러 가볼까요! 처음에는 누구부터 갈까요? 지금 방송하고 있는 건…… 앗, 아리스 쨩이다. 솔로 방송 같네요. ……걔는, 제가 얽히지 않으면 평소에 뭘 하는 걸까요?”

근본은 착한 아이라는 걸 알고 있지만, 나날이 나에 대한 터무니없는 검증을 하는 방송을 하고 있다는 걸 알고 있으니까, 살짝 경계하게 된다…….

“방송 타이틀은……『등 뒤를 조심하는 것이지 말입니다』. 어, 무서워…… 뭘까요? 호러 게임이라도 하는 걸까요? 아니면 스텔스 게임? 앗, 방송 자체는 방금 시작한 참인 것 같네요.”

내 자의식과잉일지도 모른다. 게임을 하고 있다면 그쪽에 열중하느라 나에 대해서는 별로 신경 쓰지 않을 거라는 희망적 관측도 있었다. 순수하게 게임을 즐기는 아리스 쨩…… 평범하게 보고 싶은걸.

—그럼 도전해볼까.

“좋아, 정했어요! 우선 아리스 쨩부터 볼까요! 만약 또 뭔가 이상한 짓을 하고 있다고 해도, 소속 라이버인 이상한 명의 라이브온 시청자인 지금의 저라면 웃으며 즐길 수 있을지도 몰라요! 그러면, 실례합니다~!”

그럼, 아리스 쨩의 방송을 열었다.

『어서 오시는 것이지 말입니다, 아와유키 공.』

“이 자식! 전부 보고 있었겠다?”

기획이 무너지는 소리가 들렸다…….

: ?!?!

: 어떻게 알았지?!

: ㄹㅇㅋㅋ 그렇군, 아와 쨩이랑 같은 짓을 하고 있었구나.

: 진짜로 놀랬어…….

: 방송 타이틀은 그런 의미였냐 ㅋㅋㅋ

: 잠복 방송이라고 불러야 되나?

: 서로의 방송을 엿본다는 신기한 상황이구만.

: 타니자키 준이치로가 쓴 『열쇠』[#11]의 현대판인가?

: 오역판이라고 하네요~.

: 왜 마지막에 청초의 의인화인 아와유키 공의 방송에서, 스○○로의 화신인 슈와 쨩의 지저분한 목소리가? 밥은 의문스러워하며 스○○로를 마셨다.

"아리스 쨩, 뭐하는 건가요……?

『최애 응원 활동인 것입니다.』

"그게 아니잖아요. 왜 방송을 켜서 내 방송을 보고 있는지 묻고 있는 거라고요."

『깜짝 놀라셨습니까?』

"그야 물론. 무슨 두근두근 문○부![#12]인 줄 알았다니까요."

『불끈불끈 수예부가 시작되는 것이지 말입니다! 하앗,

#11 열쇠 1965년 사망한 일본의 소설가, 타니자키 준이치로가 쓴 소설. 해당 소설은 그의 말년에 쓰인 작품으로, 부부가 서로의 일기를 훔쳐보며 서로 모르는 척하는 것을 주제로 쓰여 있다.

#12 두근두근 문○부! 미국에서 개발된 반전 연애 어드벤쳐 게임, 『두근두근 문예부!』. 해당 게임은 일명 제4의 벽을 넘나드는 연출로 호평을 받았다.

하앗, 하아, 하아!』

"왜 시작된다고 생각하는 거죠?"

아니, 왜 평소처럼 섹드립에 태클을 거는 거야. 지금은 그보다 해야 할 말이 있잖아.

"아리스 쨩, 저흰 지금 요튜브 방송으로 통화하고 있는 셈이거든요. 요튜브도 깜짝 놀랄 거라고요. 에둘러가는 이 상황은 뭔가요? 이런 걸 즐기는 건 막 사귀기 시작한 바보 커플 정도밖에 없을 걸요."

『고, 고백하는 겁니까? 생사여탈의 전권 위임을 전제로 삼가 받들겠사옵니다.』

"접근 금지 명령을 전제로 삼가 거절하겠사옵니다."

『어째서이지 말입니다? 저는 이래봬도 꽤 벌이가 좋은 것이지 말입니다? 평생 놀고먹는 생활을 보증해드리는 것이지 말입니다.』

"그 돈을 주는 사람들 앞에서 무슨 말을 하는 거가요? 통화라도 원 클릭으로 엿들을 수 있는 헐렁한 보안이잖아요. 지금 동시 시청자 수를 보면 저희는 시부야의 역 앞에서 큰 소리로 외치는 거랑 다를 바가 없어요!"

『로맨틱한 겁니다! 예전에 유행한 트렌디 드라마답지 말입니다! 오다 카○마사[#13] 씨가 나설 차례입니다!』

#13 오다 카즈○사 본의 싱어송 라이터, 오다 카즈마사. 그가 1991년에 발표한 트렌디 드라마의 주제곡, 「러브 스토리는 갑자기」가 초대박 히트를 치며 그 해 연간 순위 1위를 기록했다.

"기둥서방으로 삼아주겠다는 선언은 아무리 노력해도 로맨틱해지진 않아요. 오다 씨도「말로 표현할 수 없어」밖에 못 불러요."

『괜찮은 것이지 말입니다. 저의 시청자들은 철저하게 훈련을 받았으니까, 아와유키 공에게 바치는 걸 전제로 제 활동을 응원해주고 있지 말입니다.』

"받는 쪽인 제가 안쓰러워진다니까요! 말해두지만 저는 아리스 쨩한테 받은 슈퍼챗이 얼마인지 전부 기억하고 있거든요? 언젠가 돌려줄 테니까요."

『그것은 난처한 것입니다…… 팬으로서 부끄러운 것이지 말입니다…… 그렇지! 그때가 오면 돈 대신에 아와유키 공이 실시간으로 입고 있던 팬티를 받고 싶은 것입니다!』

"으엑, 평범하게 싫은데요……. 그 터무니없는 가격의 팬티는 대체 뭔가요? 고급 브랜드라도 그 정도는 안 해요……."

『에르○스의 아와유키 공 팬티인 것이지 말입니다.』

"그런 상품은 판매하지 않습니다."

: 저세상 대화라서 듣고 있으니 웃김ㅋㅋ

: 이건 이미 음악의 영역에 도달했어.

: 바이브가 올라오는걸!

: 통화인 줄 알았더니 콜라보 방송이 되어버렸네ㅋㅋ

: 아리스 쨩의 채널이 아와유키 쨩의 서브 채널이라고 하는 거에서 웃었다.

: 입고 있던 속옷을 파는 기둥서방 아와유키 쨩?!

『아와유키 공. 그건 그렇고, 방송 타이틀에서도 경고했습니다만 다소 무방비한 것이 아닌가 싶습니다. 만약 등 뒤에 있는 게 제가 아니었다면, 아와유키 공은 지금쯤 임신해버린 것이지 말입니다.』

"그런 상상력을 가진 사람이 등 뒤에 있다는 것만으로 더할 나위 없는 공포인데요."

『아와유키 공은 더 자신의 존재가치가 높다는 걸 자각해야 하는 것입니다. 오늘도 이야기를 들어보니 지치셨다고 하는데, 마사지를 받으러 가는 건 어떻습니까?』

"앞선 이야기는 그렇다 치고, 뒷내용은 듣고 보니 그렇네요……. 아리스 쨩도 가끔은 좋은 말을 해요."

『여기에 스○○로가 쌓여 있네요. 스○○로의 흐름을 풀어드릴게요~.』

"돌아갈게요."

『아와유키 공. 그럴 땐 「이거, 정말로 마사지 맞나요?」라고 말해야지 말입니다.』

"당신은 정말로 마사지물을 좋아하네요……. 아무리 생각해도 아니잖아요. 림프절이라면 몰라도, 스○○로는 대체 어디 쌓이는 건가요?"

『위와 간장인 것이지 말입니다.』

"그건 맞는 말이네요."

『안에서부터 풀어볼까요~.』

"무서워! 설마 했던 사이코 호러 에스테틱 AV였어?!"

『그런 장르는 없는 것이지 말입니다.』

"아까부터 한 번씩 정색하는 대답은 뭔가요?! 아아, 정말! 뭘 하려고 했었는지조차 알 수가 없게 됐어요……."

어째서 이런 대화를 하게 됐지? 아니, 애당초 오늘 방송의 테마는 라이버의 방송을 보러가는 거였지? 왜 내가 전력을 다해서 토크를……?

『죄송합니다, 아와유키 공. 설마 가장 먼저 골라줄 거라고 생각하지 못한 탓에 텐션이 올라서 방송을 방해하고 만 것이지 말입니다. 그럼 부디 다음 라이버를 보러 가시는 겁니다.』

"어? 그래도 되는 건가요? 저는 이대로 아리스 쨩이랑 콜라보가 되는 흐름인가 했는데요……."

『최애의 활동을 방해하지 않는다— 당연한 것이지 말입니다. 저로서도 이 대화는 본래 취지에서 벗어나 있는 것이라.』

"어, 그런가요? 저를 잠복하며 기다렸던 게 아닌가요?"

『그런 것이지 말입니다. 계속 누군가의 방송을 보는 아와유키 공을 바라볼 셈이었습니다.』

"어, 어째서?"

『요전에 스○○로와 딥 키스를 하는 아와유키 공을 봤을 때, 이건 이거대로 뭔가 확 꽂힌다는 느낌이 들어서…… 오늘은 제가 아닌 라이버로 즐기는 아와유키 공을 보고 분해하는 제 모습을, 시청자들에게 보여줄 예정이었습니다.』

"NTR에 눈을 뜨기 시작했어! 그만두세요, 아리스 쨩! 지금 시점에서 이미 캐릭터가 찐하니까 이 이상은 속성 과다입니다!"

『자신에게 거짓말하지 않자고 결심했기 때문에 그건 어려운 것이지 말입니다. 그렇게 됐으니, 아와유키 공은 신경 쓰지 말고 다른 라이버의 방송에 가시는 겁니다. 애당초 아와유키 공의 피로를 늘리는 건 저도 바라는 바가 아닌 것입니다.』

"그, 그런가요……. 알았어요. 그러면 다음에 또 봐요. 저도 상태가 괜찮을 때 한 번 콜라보를 하죠."

『좋지 말입니다! 진심으로 기다리고 있는 것입니다!』

이렇게 첫 타자인 아리스 쨩의 방송 시청…… 아니, 방송 참가가 끝났다.

"기획이 엎어지는 줄 알았지만, 어떻게든 바로잡은 것 같네요. 그건 그렇고, 아리스 쨩한테 NTR에 소질이 있었다니…… 저는 아직 그 영역에 도달 못한 인간이라서 놀라움을 금할 수 없어요……."

: 좋은 건지 나쁜 건지…….

: 키스라, 실시간으로 봤을 땐 난리도 아니었지.

: 마시롱한테 괜히 시비를 걸었던 것도 이러면 의미가 달라지지 않나……?

: 이제부터 어떻게 되어 버리는 거지……?

: 아직 꽃봉오리 단계니까 세이프.

“그렇네요. 지금은 생각이 지나쳐도 피로가 쌓이기만 할 테니까, 이번에야말로 라이버들에게 기운을 받으러 갈까요!”

다음은 누구 방송을 보러 갈까? ……방금 걸 그건 카운트해도 되는지 모르겠지만.

이 상태는 말하자면 아직 기획 시작도 되지 않았다. 완전 타이틀 사기 상태란 말이지.

다음이야말로 객관적으로 라이브온을 즐기는 거다. 이제 도전하지 않아. 안정을 택하자.

“……아, 샤미 쨩이 방송 중이네! 게다가 방송 타이틀을 보니 히카리 쨩이랑 오프에서 만나 마사지를 해주는 것 같아요!”

이게 뭐야? 마사지 소리로 릴렉스하고, 동시에 둘의 존귀한 순간을 즐길 수 있다니…… 지친 내가 보기에는 더할 나위 없을 정도로 완벽하잖아! 아리스 쨩도 방금 권해줬었고, 어쩜 이렇게 타이밍이 딱 좋지!

“그러고 보니 요전에, 샤미 쨩이 귀가 아닌 곳의 마사지 소리도 연구를 시작했다고 했어요. 그걸 연습하는 걸까요?”

어깨를 두드리는 소리나 혈을 눌렀을 때 뭉침이 풀리는 소리 같은 건, 듣기만 해도 이쪽까지 기분이 좋아진다니까아~.

히카리 쨩한테 마사지라…… 조금 씁쓸한? 기억을 떠올

려 버렸지만, 샤미 쨩이라면 괜찮겠지. 이번에 나는 제3자이기도 하고, 적어도 나 때처럼 조교는 안 할 거야.

"이제 이것 외에 나른 신덱지는 없어요! 방송이 끝나기 전에, 얼른 보러 갈까요!(딸칵)"

방송을 틀면서, 나는 소리의 힘은 굉장하다고 생각했다.

『안이한 귀핥기를 용서 못 해! 안이한 귀핥기를 용서 못 해! 안이한 귀핥기를 용서 못 해! 안이한 귀핥기를 용서 못 해! 안이한 귀핥기를 용서 못 해! 안이한 귀핥기를 용서 못 해! 안이한 귀핥기를 용서 못 해! 안이한 귀핥기를 용서 못 해! 안이한 귀핥기를 용서 못 해! 안이한 귀핥기를 용서 못 해!』

『아아아아아앗!! 샤미 쨩, 더 세게! 더 세게 밟아줘어! 더 부조리한 분노를 히카리한테 휘둘러줘어어어어어어어!!!!』

"오오, 오늘도 라이브온은 지옥(평화)이네요~."

응. 정말로 소리의 힘은 굉장하네…….

: 이건 또 뭐냐…….

: 나도 방송 켠 순간에 이상한 걸 틀었나 싶었음.

: 마사지와 히카리 쨩의 조합이면 역시 이렇게 되나…….

: 뭔 상황이야?!

: ASMR 마이크 쨩 앞에서 뭔 짓을 하는 거냐, 이 녀석들아!!

『최근의 음성 작품은 대체 어떻게 된 거야?! 마치 의무인 것처럼 어떤 장르에서든 귀핥기, 귀핥기, 귀핥기! 그렇게 물소리가 듣고 싶으면 물속에 머리라도 처박으란 말이야!!』

『우히잇!』

『있지. 어째서? 어째서 이렇게 돼버린 거야? 가르쳐줄래, 히카리 쨩?』

『어, 어째서일까?』

『당연히 그게 트렌드니까 그런 거잖아—!!』

『아아아아~앗! 히이익! 미안해요오오오오오오!!』

『나는 한 마디 하고 싶어! 귀핥기 일색이 된 음성 작품 업계에 한 마디 하고 싶어! 귀핥기는 장르 중 하나여야 하지, 아무데나 다 갖다 붙인다고 되는 게 아냐! 분명히 파괴력은 있겠지만 그렇기에 때와 장소가 중요한 거야! 아무 요리에나 마늘 잔뜩 뿌린 게 요리가 아닌 것과 마찬가지! 당신들 업계는 소리로 작품을 내놓아야지, 귀만 핥는 장르가 아니잖아!』

『하아, 하아, 하아! 히스테릭 진심 폭발 챠미 쨩, 좋아!!』

방금 챠미 쨩이라면 괜찮다고 생각했지만, 가만 생각해보니 최근 챠미 쨩은 정상적이었던 때가 없었다. 제3자나 조교는 안 한다거나, 그런 좁은 범위의 문제가 아닌 거겠지.

이거 어쩌지……. 일단 정보 수집을 할까.

"저기, 왜 이렇게 됐는지 알고 있는 시청자 있나요……?"

: 너라고.

: 네 잘못이야.

: 네가 키운 게 아니었으면 이건 사건이지.

"네?! 제 탓?! 어떻게 된 건가요?!"

나는 시청자들이 채팅에 써준 정보를 모아보고, 경위를 정리했다.

1. 챠미 쨩이 히카리 쨩을 마사지 방송에 불렀다.

2. 예전 그 일의 영향으로 히카리 쨩 안에서는 완전히 마사지 = 아픈 거라고 인식, PON인 챠미 쨩은 그걸 당연히 눈치 못 챘다.

3. 밟아주려나~ 하고 신이 나서 방송하러 간 히카리 쨩은 평범한 마사지란 것에 절망.

4. 히카리 쨩을 기운 차리게 해주려고 밟을 결심을 한 챠미 쨩. 하지만 계속 사양한다.

5. 대응책으로, 히카리 쨩은 챠미 쨩이 속에 담고 있던 분노를 발산하는 것을 제안한다. 뇌리를 스치는 귀핥기에 챠미 쨩이 격노.

……이렇게 된 모양이었다.

"어쩐지 이제…… 스스로의 영향력이 오버플로우되어 제어할 수가 없어……. 아ㅇ즈 님[#14]은 이런 기분일까……."

머리를 감싸 쥐지 않을 수 없는 나였다.

나는 언제나 챠미 쨩의 각성은 내 탓이 아니라고 말해왔지만, 점점 그 마음이 약해지고 있다…….

#14 아ㅇ즈 님 라이트노벨 『오버로드』의 주인공, 「모몬가」의 호칭 중 하나인 「아인즈 울 고운」. 그는 소심한 성격이지만, 거느리고 있는 부하들에게 지나친 존경을 받다 보니 자기도 모르게 세계정복의 길을 걷게 되고 만다.

그래도 성벽에 매료된 자로서, 챠미 쨩이 귀핥기에 한 마디 하고 싶다는 것을 예상 외라고 생각하는 내가 그곳에 있었다. 싫어도 방송이 신경 쓰여 버리는 스스로가 슬프다.

하지만 어쩔 수 없잖아! 챠미 쨩은 엄청 귀핥기 좋아하는 이미지라고! 참고로 나는 엄청 좋아해요!

하지만 역시나라고 해야 할지— 의문을 품고 그다음에도 방송을 계속 봤더니, 챠미 쨩에게도 사정이 있었던 모양이었다.

『시추에이션이 이상하다든지, 아무리 생각해도 귀핥기 안 할 것 같은 캐릭터가 설정을 내던지고 마치 억지로 하는 것처럼 할짝할짝하기 시작하는 걸 나는 참을 수가 없어! 그런 걸 하면 뒷사정이 훤히 보여서 단번에 재미가 가라앉는단 말이야! 애당초 음성 작품은 청각에만 호소하는 걸로 얻을 수 있는 몰입감이 매력이잖아. 그런데 현실로 되돌리는 짓을 하면 안 되지! 음성 작품은 섬세하다고! 히카리 쨩도 그렇게 생각하지?』

『하아, 하아, 챠, 챠미 쨩은 귀핥기가 싫은 거야?』

『뭐? 싫은 건 아냐. 이쪽은 귀핥기가 유행하기 훨씬 전부터 동서고금의 온갖 귀핥기를 들어온 귀핥기 소믈리에거든? 나는 좋다 싫다 트집을 잡는 게 아니라, 평론가로서 의견을 말하는 거야.』

『챠미 쨩.』

『뭐야?』

『그거, 너무 많이 들어서 질린 거 아니야? 그게, 처음에는 열중하게 되어도, 얼마 지나면 익숙해져서 나쁜 점이 눈에 들어오게 되어 버리곤 하잖아?』

『………….』

『…………………….』

『……칫! 이 녀석! 이 녀석! 이 녀서억!!』

『아히히! 앗! 아아아! 어째서어?! 어째서 지금 그 흐름으로 밟는 거야더해줘어!!』

『나는 전긍정을 바라는 거야! 그런 정론 같은 말을 들어도 지지 않는다고! 나에겐 전긍정해주는 수많은 시청자! 그리고 사랑스런 선배후배동급생자매엘프서큐버스점원여주인마왕슬라임메이드갸루시스터무녀초등학생 기타 등등이 있어어!!』

『아앙! 이런 상황인데 글러먹은 챠미 쨩도 귀여워서 좋아아아아아아아아아!! 글러먹은 사람한테 밟히는 거 기분 좋아아아아아아아아아—!!!!』

『글러먹은 사람이라고 하지 마아아아아(울음)!!!!』

"오~오~. 챠미 쨩의 귀찮은 부분이 폭주하고 있네요."

: 아~ 오늘은 평소보다 최애가 극혐이라 참을 수가 없네~.

: 귀찮다고 말하지 마ㅋㅋ 네 동기잖아ㅋㅋ

: 챠미쨔마에겐 친구가 잔뜩 있네요!

: 챠미 쨩이 여태까지 허접 캐릭터인 건 혹시 맨날 시청자

와 음성 작품이 어리광을 받아줘서 그런 거 아냐?

: 초등학생한테 전긍정을 바라는구나……?

정말이지 샤미 쨩은, 속을 알면 알수록 구제불능이라니까…….

"이렇게까지 저질렀는데도 아직 오냐오냐 받고 있는 샤미 쨩이 납득되지는 않네요……. 여러분은 그렇게나 얼굴이 이쁜데 PON인 갭 언니가 좋은 건가요! 정말이지, 불순하네요!"

: 알맹이에 맞춰 새로운 캐릭터 이미지까지 만든 여자가 하는 말은 역시 다르네~.

: 이만큼 하면서도 아직 청초 캐릭터를 포기 안 하는 아와 쨩이 납득되지는 않아요!

: 있잖아, 아와 쨩? 이제 청초는 포기해. ¥220

: 너는 순도 100%의 불순물이잖아.

: 샤미 쨩은 대화에 약한 것뿐이지, 귀핥기에 대해서도 진지하게 평론하고 있을 가능성이 아직 있거든!

: 무슨 말을 하고 싶은 건지는 알겠지만.

: 야한 거라면 뭐든지 좋아요(소근).

『히카리 쨩, 나 이제 화났어. 이렇게 됐으니 지금부터 나한테 귀핥기를 해주면 용서해줄게.』

『흐엑?』

애는 또 갑자기 굉장한 말을 꺼냈어…….

『게다가 용서만 해주는 게 아니고, 핥아주면 더 밟아 줄 건데?』

『어라? 하지만 챠미 쨩은 방금 전까지 귀핥기를 용서 못 한다고 말한 것 같은데?』

『내 말을 제대로 들어줄래? 요컨대 상황에 따라 다르다는 거야.』

『응~? 하지만 지금 상황에서 말하면, 방금 전까지 밟고 있던 여자애한테 갑자기 귀핥기를 당하는 거지? 그 시추에이션은 OK야? 게다가 히카리는 귀핥기를 하는 이미지가 있는 캐릭터도 아닌데?』

『히카리 쨩. 눈앞의 성적 대상이 리얼 귀핥기를 해준다는 것과 비교하면, 다른 모든 시추에이션이나 캐릭터성은 제쳐둬도 돼. 지금 나는 처음으로 리얼 귀핥기 체험을 할 수 있다는 가능성에 맹렬하게 흥분하고 있거든!』

"이건 아무리 챠미 쨩 팬이라도, 한마디 해야 하지 않을까요……?"

: 자기가 한 말을 제쳐두는 레벨이 아닌데?ㅋㅋㅋ

: 평론가가 성욕에 져서 어쩌냐…….

: 성욕은 지성으로부터 가장 먼 감정이야[#15].

: 솔로 방송에서는 뼛속부터 소리의 탐구자라서 존경스럽

#15 성욕은 지성으로부터 가장 먼 감정이야 만화 『블리치』의 등장인물, 「아이젠 소스케」가 한 대사의 패러디. 원문은 「동경은 이해로부터 가장 먼 감정이야」.

기도 하니까…….

: 역시 야한 거라면 뭐든지 좋은 거라고!(쩌렁쩌렁)

『자, 히카리 쨩! 얼른얼른!』

『……으음.』

『뭘 그렇게 고민하고 있어? 귀핥기를 하면 더 괴롭혀줄 건데?』

『그건 매력적인 제안인걸…… 하지만 지금은…… 싫어!』

『……제대로 못 들었는데. 다시 한 번 말해줄래?』

『싫어~! 절대로 안 해줄 거야~!』

『—그래, 히카리 쨩. 다리를 벌리렴.』

『어? 다, 다리?! 서, 설마 이건, 전기 안마?!』

『지금부터 건방진 히카리 쨩에게 엄벌을 내리겠습니다.』

『그, 그럴 수가…… 후헤헤, 계획대로다아…….』

정말로 얘들은 방송에서 뭘 하는 거야……. 그리고 히카리 쨩은 마지막에 작은 소리로 이상한 말을 한 거 같은데?

『……응? 어라? 아와유키 쨩이 우리 방송 보러왔다는데?』

『어?!』

『아핫, 마침 잘 됐어! 아와유키 쨩! 지금부터 내가 이 인싸를 굴복시켜줄 테니까, 잘~ 봐둬? 자! 이얍이얍이얍이얍!』

『아앗!♡ 아아앗♡!!』

『아하하하하하핫! 보고 있어, 아와유키 쨩?! 우리 아싸들을 언제나 디딤돌 삼는 인싸를! 지금! 반대로 내가 밟아주고 있어! 자, 히카리 쨩! 좀 더 울어서 그 한심한 모습을 주인님한테 보여주렴!』

『아윽!♡ 히이이이익!♡ 보, 보지 말아 줘! 이런 한심한 히카리를 봐줘어어어……가 아니지! 보지 마아! 보지 마아아아! 으히이이이이이이!♡ 아이아아아아아아아!!♡ 주인니임! 더 차가운 눈으로 히카리를 봐줘어어어어어어어어어!!!!』

딸깍.

나는 방송창을 닫았다.

평소와 비교해 아직 방송을 끝내기에는 시간이 조금 이르다. 좀 더 찾아보니 조금 전까지 본 라이버들 외에는 세이 님이 방송 중인 걸 발견했다.

방송을 열어봤다.

『이제 슬슬 나올 때가 않을까…… 오친……?!?! 떴다아아아아아아아—!! 오친친! 오친친이 나왔다!! 드디어 나왔다아아아아아—!! 친치로린에서 오친친[#16] 홀러더——엉!!!!!!』

딸깍.

나는 방송창을 닫았다.

"후우……."

그리고 나는 깊은 한숨을 쉰 다음, 생긋 웃으며 이렇게 말했다.

#16 오친친 2021년에 발매된 게임, 『NKODICE』. 일반적인 친치로와 다르게, 6면에 글자가 새겨진 주사위를 5개 던져 성립된 단어에 따라 점수를 얻는다. 남성기, 여성기 등을 뜻하는 단어들을 완성해야 하며, 발매 당시 인터넷에서 큰 화제가 되었다.

"잘까요!!"

: 네 ㅋㅋㅋㅋ

: 지쳤을 때는 그게 최고지ㅋㅋ

: 우째선데! 히카리 쨩은 섹시했잖아!

: 자기 탓에 이런 꼬락서니로 기뻐하게 됐다고 생각하면 말이지…….

: 이걸 아리스 쨩도 보고 기뻐할 걸 생각하니 웃기네.

: 실질적으로 연결 플레이잖아.

: 아와유키 쨩의 구멍이 부족하다고…….

: 세이 님은 자중하자.

설마 같은 그룹의 방송을 보는 것만으로 이렇게 안쓰러워지는 경험을 하게 될 줄은…….

참고로, 조금 일찍 방송을 마치고 푹 잔 덕분인지 이튿날에는 피로가 완전히 날아갔다.

그렇지, 그 지옥도는 나를 배려해서 일찍 쉬도록 우회해서 권장해준 거라고 생각하자! 응. 그러자! 아하하하하핫! 고마워, 다들! 아하하하하하하핫!

워드 울프 방송

엉망진창 기획 방송에서 이틀 뒤인 오늘. 몸 상태도 만전으로 회복된 참이니, 콜라보에 참가하게 되었다!

사실은 오늘 콜라보를 전부터 기대하고 있어서, 이 날을 위해 몸 상태를 정비하는 시간을 가졌다고 해도 과언이 아니다!

그 기획이란—

"워드 울프 콜라보, 지금 개마아아아아악—!!!!"

내 방송 시작 선언에 맞추어 짝짝짝짝 하고 참가자들의 성대한 박수가 울려 퍼졌다.

"그런고로, 건배~애!"

"뭐, 건배?! 미야우치는 아직 술을 못 마시는데?! 어, 어떻게 해야 하지……."

"이렇게 된 거, 선생님도 마실까."

"슈와 쨩. 인사부터 애드립 넣지 마. 타다스 쨩도 안 따라가도 돼. 선생님도, 주정뱅이가 둘이나 있으면 워드 울프가 엉망이 될 것 같으니까 하지 말자."

"이번에는 저 슈와 쨩과 마시롱, 그리고 5기생의 타다스 쨩과 츄리리 선생님이 보내드립니드아~!!"

: 짝짝짝짝짝짝!

: 왔다~!

: 처음 보는 멤버 조합인데!

: 늑대를 가려내기 전에 인간부터 모아 오도록(하나는 스○○로, 하나는 외계인)

: 라이브온은 인간(상식인)을 특정해서 처형하는 역늑대

찾기 데스 게임을 뒤에서 개최하는 그룹이란 것을 나만 알고 있다.

: ↑그랬더라면 그나마 나았겠지…….

"방송 타이틀 그대로, 이번에는 이렇게 네 명이서 워드 울프를 한드아~! 그럼 얼른 룰 설명!"

기본 룰은 일반적인 워드 울프 게임에 준 거하는 것이었다.

1. 게임 참가자에게는 공통 주제(예: 테니스)가 전달되고, 시민 역할을 맡는다.

2. 다만 그중에서 한 명에게만, 공통점은 있으나 다른 주제(예: 탁구)가 전달되고, 늑대 역할을 맡는다.

3. 참가자는 늑대 역할을 포함하여 자신의 주제밖에 못 본다.

4. 참가자는 제한 시간(이번에는 2분) 사이에 전달된 워드에 대해서 대화한다.

5. 제한 시간이 종료된 뒤 처형할 후보를 정하는 투표를 해서, 시민 역할이 늑대 역할을 처형하면 시민의 승리. 반대로 시민을 처형해 버리면 늑대의 승리가 된다.

6. 마지막으로, 만약 늑대가 졌다고 해도, 시민의 주제를 맞출 수 있으면 역전 승리가 된다.

"이 세트를 반복하는 거야. 워드 마피아라고도 불리는 이 게임, 재미있는 점은 늑대 역할마저도 처음에는 자신이 시민이라고 생각하고 스타트한다는 점일까. 전에 한 감금 마피아랑 또 다른 심리 파악을 즐길 수 있는 거야! 그리고 여기서 하우스 룰!"

이미 기술한 룰에, 이번에는 아래의 하우스 룰을 추가해서 게임을 진행한다.

7. 게임 진행 및 각자 준비한 주제를 전달하는 GM 역할은 게임 한 세트마다 교대한다.

"이번에는 네 명이니까, 세 명이 게임 참가자고 한 명이 GM. 이 GM 역할을 돌아가면서 맡는 거야. 당연하지만 게임 중에는 채팅창 보는 거 금지! 룰은 이상!"

: 알겠습니다.

: 너희들 같은 시민이 어디 있냐.

: 시민(혁명 중)

: 각자 준비한 부분에 제대로 ※를 붙여라.

: ⚠가 좋을 것 같은데.

: 라이브온에 자유를 쥐어주면 위험해!

"좋았어. 그러면 시작하기 전에 각오라도 들어볼까~. 나는 순수하게 술안주로 즐길 거드아~!"

"나는 마피아 게임이 특기거든. 이번에도 질 생각은 안 들어."

"미야우치는 최근에 온갖 시점에서 라이브온의 시비를 시험하는 것에 활동의 초점을 맞추고 있다. 이 게임에 참가한 것도 그 일환인 것이다. 각자 각오하도록."

"인류의 유희 따위 귀찮네. 선생님은 돌아가도 돼?"
"그래도 괜찮나? 「미야우치 양, 주제 어떡하지?! 아니, 참가자인 미야우치한테 물어보면 안 되잖아」 같은 대화마저 전에 했을 정도니, 열심히 생각해온 것 아닌가?"
""흐응~(싱글벙글).""
"윽…… 그런 말 안 했거든요~!"
"말하지 않은 걸로 해주길 바라는 것 같군."
""네~에(싱글벙글).""
"하아~ 짜증 나! 이래서 인간이란! 정말로 짜증 나! 후우!"
: 무○킹 팬분, 귀엽네.
: 그런 순진무구한 소년처럼 부르고 있구나…….
: 이미지랑 너무 달라서 웃음ㅋㅋ
다들 의욕이 가득하구나! 그러면 워드 울프! 시작한다, 시작한다~!
드디어 시작된 첫 게임, GM은 타다스 쨩이다.
먼저 각 참가자에게 채팅으로 GM이 주제를 전달한다.

『피아노』

나한테 전달된 주제는 이거였다.
"준비는 됐나? 그러면, 2분간 대화 스타트다!"
타다스 쨩이 게임 시작을 고했다. 이 이후로 GM은 방관

하지만, 그렇다고 해서 지루한 역할도 아니다. 마이크를 음소거하고, 답을 아는 입장에서 우리가 나누는 대화의 우스꽝스러움이나 날카로움을 시청자와 즐길 수 있다. 내가 GM일 때도 이 시간이 기대된다.

자, 그러면 대화를 나눠볼까요……. 피아노였지. 이것이 나한테만 전달된 소수파의 주제이며 내가 늑대인지, 아니면 동료가 있는 다수파인지를 알아내야 하는 것이다.

처음에는 본질이 아니라 그럴 듯한 말로 캐내는 느낌으로—.

"좋다고 생각하지?"

"그렇네."

"선생님도 동의해."

흠. 둘 다 거짓말하는 느낌이 아닌 속도로 동의했네. 다시 말해서 다들 좋은 인상을 가졌다는 건 이해했다.

"동경하게 되지 않아?"

"아~ 공감해!"

"뭐, 분명히 그렇네."

이어지는 마시롱의 질문. 내 질문을 발전시킨 것이며 이번에도 다들 이상한 점은 없었다.

"참고로 해본 적 있는 사람 있어?"

파고들어도 되는 화제라고 판단했는지, 마시롱이 질문의 주도권을 쥐기 시작했다.

해본 적이 있는가……. 쳐봤냐고 말하진 않았어. 이것도 낚싯줄을 드리운 느낌인가?

"나는 없어……. 옛날에 만져본 적은 있을지도. 선생님은?"

아직 시간이 있으니까, 일단 그걸 표적을 바꾸면서 피한다.

"선생님은 비슷한 거라면 가지고 있어."

"어, 정말로?! 좋은 걸 들었네."

"호오~!"

선생님의 발언을 듣고 반응한 마시롱과 내 목소리는, 마치 사냥감을 발견한 육식 짐승 같았다.

"뭐, 뭔데? 가지고 있으면 안 돼?"

"아니아니, 나는 엄청 좋다고 생각해. 참고로~ 어떻게 쓰는지 물어봐도 될까~?"

"어…… 전혀 잘하는 건 아니거든? 거의 글러먹은 정도. 다만, 굉장히 만족스러워."

"만족스럽구나~."

"호오~ 호오~!"

이건 다시 말해서, 피아노를 가지고 있다는 이미지가 선생님한테 없어서 그걸 물고 늘어진 거다. 비슷한 것이라는 보충 설명이 붙긴 했어도, 내 기억에 선생님이 악기에 관한 이야기는 한 적이 없었을 거야.

그러나 아직 확증은 없다. 만족스럽다는 말에 이해 못할 건 없으니까. 여기서 능숙한 질문 공세를 해서 점점 사냥감을 도망칠 길 없는 막다른 길로 몰아가는 거다.

"좀 더 이야기 들려줘. 만족스럽다고 했는데, 조금 더 자세히…… 그렇지. 이런 부분이 좋아서 만족스러웠다~ 같은 걸 좀 가르쳐줘."

"오호—(´ω`)."

"……선생님만 말하는 게 아니라 두 사람한테도 이야기를 듣고 싶은걸. 아와유키 양이랑 마시로 양은 어떤데?"

"애당초 나는 안 가지고 있으니까~. 얻을 수 있으면 좋겠다고 생각하긴 하는데~."

"나도 비슷한 건 있을 것 같은데? 그래서 선생님은?"

"오호호호호호호—(*´ω`*)."

"으극……."

드디어 선생님에게 조바심이 명확하게 드러나기 시작했다. 실제로 지금 대화 속에서 나랑 마시롱에게는 같은 주제가 전달됐다는 확신이 들었을 것이며, 선생님만 질문에 대답하지 못하는 것도 이상하니까.

"선생님은~. ……다양성이 있는 게 좋아. 아름답든 지저분하든 무수한 사랑의 형태가 있다고 할까?"

"헤~ 그렇구나~? 흐응, 흐~응?"

"우호오오오오간드아아아아——∵:(:ㅇ:鸞:ㅇ:):∵—!!"

"왜, 왜 그래? 아와유키 양?!"

"아~, 이건 가버렸네."

"갔어?! 어째서?!"

"선생님이."

"안 갔거든! 분명히 야한 주제라고 생각했지만!"

"야한 주제였어? 헤에~."

"앗! 그, 그건 아닌데?!"

"훗, 나이스 연기였어. 슈와 쨩."

"하아, 하아. 마시롱의 질문공세가 너무 야햇! 하아, 하아."

""으응?!""

"2분 경과! 대화 종료인 것이다!"

정적으로 변한 자리에서 타다스 쨩의 목소리가 울려 퍼진다. 아무래도 제한 시간이 끝난 모양이다.

"이제 투표하도록 할까. 수상하다고 생각하는 사람의 이름을 미야우치에게 채팅으로 보내줘."

"나는 슈와 쨩 이름 보낼까."

"어째서?!"

"마음이 늑대니까."

"안심해도 괜찮아! 마피아 게임을 즐기는 새로운 방법을 찾아서 흥분했지만, 아슬아슬하게 버텼거든!"

"아슬아슬하게 흥분한 시점에서 사양이야. 뭐, 동기니까 인정을 베풀어 성실하게 투표했어."

"나도 투표했드아~!"

"이제 이 게임 싫어졌어."

벌써 결과가 다 보인 거겠지. 선생님은 그렇게 싫은 소리를 하면서 투표를 마쳤다.

"좋아, 투표 완료인 것이다! 그러면 개표 시간이다! 결과는―."

타다스 쨩이 뜸을 들이고, 그 결과를 고했다.

"선생님 2표! 슈와 쨩 선배 1표!"

"알고 있었어!"

선생님의 태클에 무심코 웃어버린 나와 마시롱.

그야 이렇게 되겠지. 나한테 온 한 표는 선생님일 거야. 이제는 답만 맞춰보면 게임이 끝이다.

왕도적인 흐름이었다면 최초의 게임으로서도 좋은 느낌이 아닐까? 타다스 쨩다운 클린한 게임 전개였다.

"그러면 가장 표를 많이 받은 선생님! 주제를 발표하는 것이다!"

"하아…… 피아노야."

"어?"

"어머? 왜 그래? 아와유키 양?"

……으응? 어라?

"그렇다! 그리하여, 이 게임은 늑대인 마시롱 선배의 승리인 것이다!"

"어? 늑대? 내가?"

"큭…… 후후후……."

""""어?""""

고상하면서도 웃음을 참고 있는 모습의 타다스 쨩. 그에 비해 혼란에 빠신 목소리를 하염없이 반복하는 우리들. 이윽고 몇 초의 침묵이 찾아왔다.

………….

"자, 잠깐 기다려어어어어어어어어어어어어어——!!!!"

그리고 그 침묵은, 내 외침으로 인해 산산조각났다—.

"뭐?! 선생님도 『피아노』?! 나랑 똑같잖아!!"

"나 늑대였구나…… 참고로 『기타』였어."

"어라, 결국 진 건 마찬가지구나……. 이상하게 두 사람의 얘기가 일치했으니까 선생님도 소수파라고 생각했지 뭐야. 늑대한테 속으면 안 되잖아, 아와유키 양!"

"장난하냐아아아아아—!!"

선생님의 말에 나는 전력으로 저항을 표했다.

그리고 이번에는 내가 비난하는 쪽에 섰다. 묻고 싶은 말이 산더미 같아!

"우선 첫 번째! 선생님은 피아노 가지고 있어?!"

"그것 자체는 아니지만, 신디사이저라면 가지고 있어. 건반도 잘 달려 있고, 피아노 소리도 나는 타입이야."

"신디사이저……? 그래도 선생님이 가지고 있는 건 위화감 드는데…… 칠 수 있어?"

"아니. 친다기보다는 창조하는 거야— 사랑을."

"어, 어어?"

고개를 갸웃거리는 나랑 대조적으로, 선생님은 어조를 흥분시키면서 말을 잇기 시작했다.

"신디사이저란 건 말야. 소리를 직접 만들 수 있어. 여러 가지 파장을 조합해서, 거기에 이펙트도 걸고. 이건…… 이른바 사랑의 창조 아냐? 만들어진 소리는 소리의 부모들이 나눈 사랑의 결정체라고 할 수 있겠지?"

"마시롱, 통역 부탁해."

"아우우우! 나는 늑대니까 모르겠다우우!"

"아앙? 화가 날 거 같은데."

"울어도 돼? 난 갑작스런 억지를 열심히 받아준 거거든? 내심 엄청 창피했거든?"

"OK. 그러면 이제 참지 않겠어. 애완동물로 평생 감금해야지."

"정정. 좀 더 화내도 되니까 풀어줘."

"선생님의 이야기를 들어!"

우리의 반응이 납득이 안 갔는지, 선생님이 더욱이 설명을 이었다.

"알았어. 그러면 주제인 피아노로 설명할게. 이쪽이 더 알기 쉬울 테니까. 도 음이 있잖아? 미 음이 있지? 솔이 있지? 하나하나는 간소한 소리라도, 동시에 울리면 코드가 되어 예쁜 울림이 되잖아? 이건 다시 말해서 아이 만들기라고 할 수 있어."

"마시롱, 통역 부탁해."

"이 이상은 신변의 위험이 느껴지니까 안 해."

"뭐, 들어보라고. 사람을 예시로 들어볼까. 도라는 남자가 미란 여자랑 만나서, 솔이라는 스토리를 걸면 C코드라는 아이가 태어나는 거야. 이건 메이저 코드니까 해피 엔딩이네. 마이너 코드가 되면 아름다우면서도 슬픈 비극, 혹은 소리를 잘못 내서 불협화음이 되면 배드 엔딩이 되는 거야. 어때? 알겠어?"

"챠미 쨩 불러올까?"

"걔는 전문 분야가 다르니까, 아마 이 자리에 부르면 싸움이 날걸?"

"……이걸로도 이해하지 못하다니, 인류는 참으로 어리석은 생물이야……."

선생님이 있을 수 없는 것을 본 반응을 보이고 있지만, 이번은 우리가 올바르다고 생각해…….

하지만 뭐 실제로는—.

"뭐, 나는 완전히 이해 못하는 건 아냐. 다만 이론은 알겠어도 이해는 못한다고 할까……."

"아~, 나도 그 정도일까. 다양성이라고 했던 의미는 조금이나마 이해했어."

"정말?! 어, 선생님 기뻐! 그럼 있지! 더욱이 알기 쉽게 해보자! 곡이 있잖아? 곡을 싫어하는 사람은 별로 없잖아! 곡이란 곡의 전체상이라는 별 아래서, 하나하나의 소리가 생명을 받아서, 사랑에 살고, 이야기를 자아내는— 그렇게 태어난 질량 없는 신세계야!"

"이쯤 되니 한 바퀴 돌아서 음악의 거장처럼 보인드아."

"자기 입으로 악기 못 친다고 했었지만 말이지."

내 안에서는 어느 정도 납득이 됐으니까 다음 게임으로 나아갈까 생각한 그때, 마시롱이 생각난 것처럼 선생님한테 물었다.

"앗, 하지만 야한 화제라고 선생님이 말했지 않아? 이건 야한 건 아닌 거 같은데."

"피아노의 해머가! 현에! 강약을 조절하면서! 소리를 내며 때리는 거잖아! 이게 얼마나 음란해?! 피아노는 아이 만들기 공장이야!!"

"""우와아……."""

마지막으로 마시롱과 지금까지의 이해가 모두 날아갈 만큼 기겁하는 참에, GM인 타다스 쨩이 이 게임을 마무리했다.

"흠. 이 정도로 이번 게임은 끝이군. 후후훗, 어땠지? 꽤나 재미있는 전개가 아니었나?"

"그럴지도 모르지만, 늑대뿐 아니라 각 시민의 사고방식까지도 파악해야하다니!"

"사실상 라이브온 워드 울프라는 새로운 게임인걸. 이겼는데도 진 기분이 들어."

"선생님은 거짓말을 하기 싫은 것뿐이야. 선생님만 주위에 맞춰 사고를 모두 속이라니, 너무하잖아."

: 수고! ¥5,000

: 시민이 시민한테 속다니ㅋㅋ

: 라이브온은 이래야지!

: 마시롱이 완전 치유 포지션이다.

: 결국 슈와 쨩도 가는 쪽이었구나.

: 선생님이 너무 위험해서 눈에 안 띄었지만 슈와 쨩도 언동이 상당히 위험했거든!

그리하여, 이걸로 이 게임은 종료. GM도 교대다—.

2회전, 이번 GM은 마시롱.

나한테 전달된 주제는 이거다.

『스ㅇㅇ로』

이걸 본 순간, 마시롱이 나에게 한 방 먹였다고 생각하면서도 입이 멋대로 열리고 있었다.

"이건 나라고 하면 이거지!"

마치 몸이 그렇게 움직이도록 정해져 있는 것 같았다.

기쁨에 웃고, 슬픔에 우는 것처럼—.

그리고 말을 마친 다음에 찾아온 초조함. 나는 이 주제가 마시롱이 판 함정이며 내가 소수파이고, 전혀 다른 주제를 받은 다수파로부터 두들겨 맞는 전개를 예상했다.

그러나 나를 기다린 것은 뜻밖의 전개였다.

"뭐, 그렇다고 할 수 있겠군."

"아아, 역시 그렇게 느끼는 거구나. 절묘한 조합이라고 할 수 있겠지."

설마 했는데 두 사람도 긍정적 반응.

이것에 자신감이 붙은 나는, 이제 나를 막을 수 없는 것은 아무것도 없다는 듯 흘러넘치는 스○○로에 대한 사랑으로 대화를 선도했다.

"이제 나랑 이건 연인이라고 할 수 있어!"

"여, 연인…… 설마라고 생각했지만, 역시 그런 관계였던 거군."

"……아! 그래그래! 그럼, 그럼! 아와유키 양한테는 그렇겠지!"

이제 여기서부터는 워드 울프 같은 건 상관없다. 나는 하염없이 스○○로 짱에 대한 사랑을 논해나갔다.

"이제 이건 사랑이야. 사랑. 헤아릴 수 없을 정도로 몸을 겹친 지금도, 그때마다 아아, 사랑하고 있구나, 사랑받고 있구나 느끼는 거야……."

"몸을 겹친다…… 하와와, 하와와와와와……."

"좋은걸, 좋은걸! 이대로 늑대를 사랑으로 패배시켜 버리자!"

말로 토해내고 있을 텐데, 이 마음에 사랑은 늘어나기만 한다. 그렇게 나는 논하는 거다. 이 목숨이 여자로서 태어난 이유를.

"나는 당신의 아내로서, 병들 때도 건강할 때도, 슬플 때도 기쁠 때도, 가난할 때도 부유할 때도, 당신을 사랑하고, 당신을 돕고, 당신을 위로하고, 당신을 공경하고, 이 목숨이 있는 한 진심을 다할 것을 선서합니다."

"꺄~!! 프로포즈! 프로포즈를 한 것이다! 게다가 로맨틱하고 멋진 말이다…… 동경할 것 같아……."

"타다스 양, 소녀 취향이 드러났잖아…… 이런 걸 좋아하는구나, 당신……."

"자, 여기서 끝!"

이제부터가 본격적인 참이었는데, 마시롱의 목소리로 대화가 중단됐다. 유감이지만 제한 시간이 다 된 모양이네.

자, 여기서부터는 앞선 게임과 마찬가지로 투표를 해야 하는데—.

"어라~? 방금 대화에 늑대처럼 느껴지는 사람, 없지 않았어?"

타다스 짱도 선생님도 내 얘기에 동의한 것처럼 보였다.

다시 말해서 대화가 일치되었다는 거지. 누구한테 투표를 해야 좋을지 몰라 나는 고개를 갸웃거리고 말았다.

“미야우치는 투표 완료다.”

“선생님도야.”

“어, 정말로?!”

이것에도 동조할 줄 알았던 두 사람이, 나랑 대조적으로 일체 망설임 없는 기색으로 투표를 완료했다.

당혹하면서 나도 급하게 타다스 쨩에게 투표했다. 이유라고 할 건 없다. 굳이 따지자면 선생님보다 흐트러진 것처럼 보였으니까.

그리고 맞이한 투표의 결과 발표—.

“결과는— 타다스 쨩 1표! 슈와 쨩 2표!”

“으엑?”

마시롱의 입에서 나온 결과에, 나는 얼빠진 소리를 내는 수밖에 없었다.

“그리하여, 처형당한 건 슈와 쨩! 어떤 주제였는지 가르쳐줄래?”

“어, 어어~?!”

드디어 자신이 놓인 상황을 이해하고, 놀라움에 소리를 냈다.

“어째서 나야?! 이상한 점은 없었잖아!”

“에이, 진정해. 일단 주제를 모두에게 알려줘.”

“어…… 『스○○로』였는데…….”

“하아, 그럴 거라고 생각했다.”

“아~. ……처음에는 아와유키 양이 재미있었으니까 좋긴 했는데, 모두 이해하고 나니 조금 짜증 나기 시작했어…….”

내 주제를 듣고서, 타다스 짱은 대화할 때와 비교해서 명백하게 맥이 빠진 기색이 되고, 선생님에 이르러선 어쩐지 불쾌해 보였다.

그러나 이 반응을 보고, 한 가지 이해한 것도 있었다.

“자. 그리하여 훌륭하게, 시민 쪽이 늑대를 처형하는데 성공했습니다.”

그렇다. 마시롱이 지금 말한 것처럼 나는 늑대였고, 게다가 맥없이 특정되어 처형당해 버린 것이다…….

“그럴 수가아…… 어째서어? 대화는 맞았었는데…….”

“에이, 슈와 짱. 아직 포기하긴 일러. 늑대한테는 이제부터 역전의 찬스가 있으니까.”

“그, 그렇구나! 시민쪽 주제를 맞추면 돼!”

그렇다. 이전 게임은 늑대가 승리해서 끝났으니까 이게 없었지만, 이번엔 시민의 승리. 이번 룰에서는 이 상황이 됐을 경우, 늑대가 시민의 주제를 맞출 수 있으면 역전 승리가 될 찬스가 있다!

그래그래, 주제 말이지! 맞출 수만! 있으면 말야!

…………………….

모르겠드아아아아아아아아아아—!!!!

내가 스○○로 얘기만 한 탓에 다른 두 사람이 자기가 말하는 장면도 없었고! 그리고 스○○로만 생각하다 보니까 두 사람이 무슨 말을 했는지도 거의 기억 안 나고!

그게, 그게에…….

"나라고 하면 이거라고 했을 때 긍정해줬단 말이지……『청초』 같은 거?"

""""……. """"

"미안."

당연하게 틀린 모양이다. 이걸로 패배가 확정되어 버렸다…….

"졌습니다…… 참고로 정답 주제는 뭐였어?"

"아아, 나야."

"응?"

"그러니까 나. 타다스 쨩이랑 선생님한테 전달한 주제는 『이로도리 마시로』야."

"————."

어? 그건, 그러니까, 내가 말한 스○○로에 대한 마음이 모두, 내가 아닌 사람한테는 마시롱에 대한 마음으로 들리고 있었다는……?

그때 나는 떠올렸다— 내가 주제인 스○○로에 대해 처음 한 마디를 했을 때, 마시롱의 함정을 의심했던 것을—.

"마~시~롱~!! 역시 나한테 함정을 팠구나~!!!!"

"응~? 무슨 소리야~?"

"사심을 끌어들이면 안 되지~!"

"그런 거 몰라요~ 룰에도 안 적혀 있었습니다~."

"으이익, 사람을 놀리다니~! 아우우의 앙갚음이야?"

"후훗…… 아~ 그야, 뭐? 분명히 우연히 다수파에겐 말야? 슈와 쨩이 나를 연인이라든가 사랑이라든가 프로포즈를 한 것처럼 보였을지도 모르후히히히힛!"

"야! 자기가 함정을 파놓고 왜 쑥스러워하는데! 그, 그런 반응을 보여버리면 이쪽도 쑥스러워지잖아! ……이, 이거 어떻게 마무리할 거야!!"

"어흠. 흐큼……응뉴히히히히힛!"

"그러니까 쑥스러워하지 마~!!"

"아~ 짜증 나서 폭발할 것 같아. 최근 요튜버의 돈 없어 어필만큼 짜증 나."

"그러지 말고. 근사한 관계잖아."

: 역시 마시롱이야.

: 마시롱이 보기 드물게 징그러운 웃음소리 내서 팍 꽂혔다.

: 밀어붙이면 약한 슈와 쨩도 좋네.

: 후배 앞에서 뭐하는 거야…….

: 이건 신인들을 향한 마시롱 나름의 「얘는 내 거야」 어필 아닐까?

: 이건 후배 팀도 질 수 없겠네요.

어쩐지 창피한 마무리가 되어 버렸지만, 이걸로 이 게임은 끝났고 결과는 나의 참패.

아…… 스○○로 토크를 할 수 있어서 하이텐션이었으니까 놓쳐버렸지만, 지금 생각하면 선생님의 첫 반응이 미묘하게 위화감이 있었던 걸 깨달았으면 또 달랐으려나…….

진 건 내 실수라고 하자. 하지만 지는 방식까지 창피한 건 마시룽 탓이야! 스스로는 얼마든지 어필할 수 있는데, 이런 소악마적인 것엔 약하단 말이야……. 아무리 창피해도 어쩔 수 없지.

자, 다음 게임을 향해 GM 교대다.

세 번째 게임, GM은— 나다.

GM은 게임 참가자와 달리 기본적으로 대화가 시작되면 참가자에게는 음소거(시청자에게는 들린다)가 되니까, 어디까지나 진행 역할이다. 하지만 룰 설명 때도 언급한 것처럼, 이 입장이기에 즐길 수 있는 방식이 있다.

우선 참가자에게 채팅으로 주제를 보낸다.

"큭큭큭…… 자, 시청자 여러분! 우스꽝스럽게 춤추는 참가자들의 모습을 같이 즐겨보자고!"

대화 개시의 호령 전이지만, 한순간만 음소거해서 시청자들에게 말했다.

GM은 게임 시작 시점에서 자신의 방송 화면에 전달한 주제를 표시하여, 시청자와 공유하는 것이 허가된다.

화면에 나온 것은 이거다—

【다수파: 이로도리 마시로, 츄리리】→【주제: 라이브 이벤트】

【소수파: 미야우치 타다스】→【주제: 난교 파티】

: 빵 터졌네.

: 이 녀석, 저질렀네ㅋㅋㅋ

: 육성으로 기겁하는 소리가 나왔다…….

: 너도 참 나쁜 아이네.

: 게다가 하필이면 타다스 쨩이냐 ㅋ

『——꿀꺽.』

지금 희미하게 들린 침 삼키는 소리는 타다스 쨩이군? 이건 기대되기 시작했어!

“네! 그러면 대화 스타트!!”

내 호령으로 드디어 게임이 시작됐다.

그럼, 여기서부터 나는 서포트가 필요해보일 때를 제외하면 음소거를 유지한다.

『이건…… 어떤 걸까? 선생님은 상상하기 어려울 것 같아.』

『나도 그런 느낌이지만…… 으음…… 나에게는— 꿈, 일까?』

『으음?!』

마시롱과 츄리리 선생님에게는 자연스럽게 시작된 것처럼 보이는 이 게임. 타다스 쨩은 어떻게든 목소리를 억눌렀던 모양이지만, 그녀에겐 전혀 다르게 들렸을 것이다.

"아아, 온다, 온다아아!!"

『지금 같은 것도 좋지만, 역시 모두 같은 장소에 모여서 분위기를 띄우게 되면, 뭐라고 할까…… 흥분되지.』

『흐, 흥분…….』

『아~ 그런가. 우리가 연다는 거구나. 으음~. 선생님은 인간을 싫어하니까 이건 조금…… 아~ 아니지. 비일상적이라는 관점에서 보면 의외로 해보면 즐거울 수도 있을 것 같은걸? ……있을 수 없는 이야기라 상상하긴 어렵지만.』

『그래? 옛날에는 나도 같은 의견이었지만, 지금이라면 있을 수 없는 이야기는 아니잖아.』

『으으음?!?!』

『그치만 그거, 모 선배가 했었는걸.』

『으으으으으음?!?!?!?!?!』

"끼야아아하하하학학!!ㅋㅋㅋㅋ!!!!"

: 시끄러워ㅋㅋ

: 타다스 쨩이 봐도 대화에 위화감이 별로 없는 게 더 웃기네ㅋㅋ

: 아아, 마시롱이 변태 같은 말을 하는 것처럼 들려 버려…….

: 하레룽한테 터무니없는 불똥이 튀었네ㅋㅋㅋ

: 미야우치이! 하다못해 하레룽의 라이브라는 걸 깨달아라아!!

: 정말로 미안하지만 모 선배가 세이 님을 말한 줄 알았음.

: 재미있지만 최악이잖아, 이 GM!

: 모든 게 다 심각해서 완전 웃기네.

: GM(글러먹음 마스터) ¥5,353

『그래? 선생님은 몰랐네.』

『정말로? 나는 관객으로 봤었는데, 정말 굉장했어! 나한테는 안 어울리겠지~ 하고 생각하면서도 동경했지.』

『어떤 느낌이야?』

『굉장한 열량이었어. 누가 뭐래도 모 선배를 중심으로 수천 명이 하나가 되는 거니까.』

『으음?! 코, 콜록!! 콜록콜록!!』

"우호오—!! 하레루 선배를 중심으로 수천 명이 난교 파티! 위험해!! 으햐햐햐햐햐햐!!!!"

: 우호오—(청초)

: 이렇게 청초하지 않은 사람은 처음 봤는데.

: 수천 명 규모라니 ㅋㅋㅋ

〈아사기리 하레루〉: 숭배해주던 후배의 완전히 변해버린 모습에 내 마음이 다이아몬드 더스트…….

: 뭣?!

: 보고 있었냐~!

: 큰일이군, 이건 타란튤라 형벌에 처합니다.

〈아사기리 하레루〉: 하지만 재미있다면 OK입니다!

: 어어…….

: 역시 라이브온의 원조.

〈아사기리 하레루〉: 동기인 것처럼 대해줘서 기쁜걸. 그리고 무엇보다도 「내 이야기」를 가지고 놀리는 것보다 1조배는 나아.

: ㅋㅋㅋㅋ

: 아사기리 하레루, VA(버추얼 아이고야) 은퇴! 처음이자 마지막 팬 대감사제!! 라는 문맥이 떠올라 버린 스스로에게 풀이 죽었다.

: VA라는 표현에 악의가 느껴져.

: A는 하다못해 아이돌이라고 적어주라…….

: 개그 소재로 쓸 수 있는 지금을 정말로 다행이라고 생각합니다(슈와 쨩을 감싸며 억지로 감성 전개)

"하, 하레루 선배!. 아니, 저기 이건 말이죠? 알고 계실 거라 생각합니다만, 이야기의 흐름으로 우연히 이렇게 되어버린 거라서 말이죠? 차, 참가자의 대화가 잘 들리도록 GM은 입 다물게요~!"

자! 지금까지는 목소리를 필사적으로 억누르며, 약간 흘러나와도 목이 안 좋아서 나는 소리일 수도 있어서 도망치고 있던 타다스 짱이지만, 지금 그 기침은 상당히 좋지 않았다고! 대화에 섞이지 않는 위화감도 이쯤 되면 무시할 수 없을 거고, 여기서부터 어떻게 될까—.

『타다스 양? 왜 그래? 괜찮아?』

『……괜찮다. 조금 목이 건조해져서.』

『그래? 참고로 타다스 짱은 이거에 대해 어떻게 생각해?』

예상대로 선생님이 타다스 짱의 기침 소리를 언급하고, 그걸 포착해서 마시롱이 추가로 공격한다.

『어, 어떻, 게?』

『예를 들어서 그러니까, 하고 싶다고 생각해?』

『하, 하하하하하하, 할 리가 없지 않나?!?!』

『호오~?』

『어라라?』

"아~ 타다스 짱, 완전히 당황했네요. 얼굴이 새빨개졌겠죠. 시청자 여러분, 오늘 밤은 이걸로 정해졌군요. 이거면 한 그릇은 뚝딱이죠?"

: 무슨 요리 방송처럼 말하는 거냐고ㅋㅋ

: 시청자를 위해 후배에게도 가차 없는 성희롱을 한다. 이 목숨을 건 접대는 일류 셰프인걸.

: 아무리 인기가 많아져도 아슬아슬한 선을 타는 정신력만큼은 존경해.

: 청초 대신에 데몬 코어[#17]라고 하는 편이 좋을 거라고 생각해.

: 타다스 쨩, 위기에 처하다!

『그렇게나 하기 싫어? 긴장할 것 같아?』

『기, 긴장이라기 보다는 말이다. 내내내내, 내가 참가한다는 건 즉 위대한 미야우치 가문의 일원으로서—!』

『하지만 타다스 쨩, 만약 나중에 운영 쪽에서 부탁해오면 어쩔 거야?』

『부탁을?!』

『그치만, 이것도 생각하기 따라서 우리 라이브온 라이버의 일이기도 하잖아?』

『일?! 라이브온의 라이버는 일의 일환으로 그런 것까지 부탁을 받는 건가?! 이럴 수가…… 다시 말해서 소속된 몸의 책임으로서 미야우치도 해야 한다는…… 그럴 수가……!』

『『……크큭.』』

아, 지금 마시롱이랑 선생님이 웃음을 참았네. 십중팔구 타다스 쨩이 소수파라는 걸 깨달은 거겠지.

지금까지는 마시롱이 타다스 쨩에게 캐물었지만, 배턴 터치라는 듯 다음은 선생님이 질문을 던지기 시작했다.

『에이. 만약 어려우면 운영에서도 조정해주지 않을까?

#17 데몬 코어 1946년에 미국의 연구소에서 발생한 핵실험 사고를 바탕으로 한 밈. 베릴륨으로 된 반구 사이에 플루토늄 덩어리를 넣고 천천히 반구를 닫으며 핵반응을 확인하는 실험 도중 사고가 발생해 푸른빛을 발하며 강한 방사선을 방출하는데, 이 과정을 과장된 애니메이션으로 만든 밈들이 있다.

하지만, 그렇게까지 싫어?』

『싫다고 하는 것보다! 이, 있을 수 없는 일이다, 이런 것은…….』

『그럼 흥미는 없어?』

『어?』

『실제로 할지는 지금도 알 수 없는 이야기니까 일단 제쳐두고, 상상 정도는 누구나 하잖아?』

『사, 상상…….』

『어머, 해본 적 없어?』

『으어…… 서, 선생님은 있는 건가?』

『있는데?』

『그, 그런 건가?』

『그럼! 이 선생님한테도 있으니 일반적인 거라구! 그래서, 어때? 흥미 있어?』

『……………………흥미뿐이라면…………있을……지도.』

삐삐삐삐! 삐삐삐삐! 삐삐삐삐!

"그렇구나. 흥미 있구나아! 참고로 그 흥미는, 더 자세히 말하면 어떤 부분에 호기심이 자극 받는 거야?"

『그, 그건……그게, 어, 어라? 슈와 쨩 선배?』

『슈와 쨩. 타이머 울리는 거 들려.』

"지금 멈췄어. 그럼 대화를 계속할까."

『어? 어? 어, 어떻게 된 거지?』

『타다스 양, 이제 끝이야. 시간이 다 됐어.』

『아, 아아! 어이, 슈와 쨩 선배! 뭘 자연스럽게 대화에 섞인 데다가 시간까지 늘리고 있나! 룰 위반인 것이다!!』

아차, 이럼 안 되지. GM으로서 시간 종료를 고해야 한다는 마음과, 하지만 아직 얘기를 계속해주길 바라는 마음이 뒤섞인 결과, 나 스스로가 알람을 울리면서 대화에 참가해버린 모양이다.

: 타다스 쨩, 야햇ㅋ

: 헤에~ 흥미 있구나아(씨익)~.

: 슈와 쨩은 평소와 같이 최악이지만, 타다스 쨩도 생각외로 밝힌단 말이지…….

: 꽤 자주 자폭하는 스타일이란 말이지.

: 시간이란 잔혹한 것이다.

: GM이 참가하다니, 달아오르는걸!

: 이것은, 게임이라서 성희롱은 아니다(변명)[#18]

이 뒤로 대화가 끝나 투표 시간이 되고, 당연하게도 타다스 쨩이 처형됐다.

다만, 이 게임의 결과는 여기서 끝나지 않을 거라고 나는 짐작했다.

왜냐하면, 늑대였던 타다스 쨩이 보기에 다수파의 주제

#18 이것은, 게임이라서 성희롱은 아니다 라이트노벨 「소드 아트 온라인」 시리즈에 등장하는 문구. 「이것은, 게임이지만 놀이는 아니다」를 패러디.

인『라이브 이벤트』를 알아맞춘 건 아닐까 생각한 것이다. 특히『모 선배가 열었다』는 말은 상당히 큰 힌트로, 마시롱의 명백한 실수였다. 이건 역전 룰이 없는 다른 게임이었다면 실수라고 보긴 어렵지만, 워드 울프에 아직 익숙하지 않아서 그렇겠지. 이걸 힌트로 타다스 쨩이 맞출 수 있다면 어엿한 역전 승리가 된다.

그리하여 타다스 쨩의 대답은—.

『시……십…… 19금 방송?』

"진짜냐……."

아무래도 머릿속이 핑크 일색이었나 보군…….

그러면, 이걸로 내 GM은 끝이니까 교대! 다음이 마지막 게임이다! 그렇게 생각했는데…….

『슈와 쨩 선배.』

"응?"

『각오해두도록. 네 놈에겐 언젠가 반드시 설욕을 해줄 테니까.』

"참으로 죄송하옵니다."

끝날 때쯤 타다스 쨩이 압력을 가해왔다…… 후환이 두렵군…….

드디어 이걸로 마지막 게임. GM은 츄리리 선생님이다.

지금까지 세 번의 게임을 체험해서, 막상 맞이한 마지막

학생회

게임은 어떤 대화가 될까 기대됐다. 그리고 기다리고 있던 전개는 맥없는 것이었다.

"아름다운 것이군!"

""어?""

타다스 쨩의 발언에, 『음식물쓰레기』라는 주제가 전달된 나랑 마시롱은 한 방에 타다스 쨩이 늑대라는 걸 깨달아 버렸다. 선생님이 고른 두 가지 주제는, 아무래도 공통점이 너무나도 먼 것이었나 보다. 선생님답네…….

그 뒤로는 제한 시간이 모자랄 정도로 질문공세란 이름의 놀림 축제가 이어졌다. 각각 주제를 준비했으니까 겹치는 건 어쩔 수 없다지만, 2연속 늑대가 되어 버린 타다스 쨩이 조금 불쌍했다.

그러나…… 이 게임은 여기서부터 누가 봐도 예상외의 전개를 보였다.

그것은 제한 시간이 끝나고 타다스 쨩이 처형당한 다음, 늑대가 다수파의 주제를 맞출 수 있는가 아닌가의 역전 찬스에서였다.

타다스 쨩에게 주어진 힌트는 자신에게 전달됐다는 주제 『지구인』 뿐이다. 나와 마시롱은 일찍부터 다수파라고 깨달았으니까, 지금까지 해온 게임의 교훈으로 소수파에게 힌트를 주지 않는 대화를 마음먹고 있었다. 아마도 주제를 특정할 요소는 전혀 없었을 텐데.

그런데도—.

"흠……. 츄리리 선생님이니까……. 『음식물쓰레기』 같은 것 아닌가?"

""""뭐엇?!?!""""

타다스 쨩은— 확실하게 다수파의 답을 맞춰 버렸다.

설마 했던 대역전 승리다.

"뭐?! 어, 진짜로?! 어, 어떻게 알았어?!"

경악을 감추지 못하는 우리들. 그중에서도 특히 동요한 것은 주제를 낸 츄리리 선생님이었다.

"서, 설마 컨닝이라도 한 거야?!"

"이 미야우치가 그런 비겁한 짓을 할 리 없지 않나. 상담하러 온 선생님마저 내친 걸 잊었나?"

"그러면 어떻게 알았어?!"

"감이다."

"가, 감?"

그런 선생님에게 타다스 쨩은 마치 그것이 당연한 것처럼 맞춘 이유를 설명하기 시작했다.

"우선 주제에는 공통점이 있다. 선생님은 성실하니까 어떤 주제라도 이 룰을 지킬 거야. 다시 말해서 미야우치에게 전달된 『지구인』과 공통되는 주제가 되는 것인데, 선생님이니까 사람의 공통점에는 마이너스한 것을 떠올릴 거다. 그래서 생각한 결과가 『음식물쓰레기』가 되는 것이다."

"아, 아니아니아니, 이상하잖아?! 백보 양보해서 쓰레기까지는 알았다고 해도 음식은 어디서 나온 거야?!"

"선생님은 극도로 비꼬는 사람이니까. 쓰레기만으로는 너무 심플하니까 선생님답지 않다고 생각했다. 그러니 정말로 감인 것이다."

"그, 그게 뭐야…… 있을 수 없어……."

"있을 수 없고 뭐고 맞췄으니까, 미야우치의 승리다. 후후훗, 어떻지? 지구인도 쓸만하지 않나?"

"크으윽……."

"교제하는 사이에 선생님에 대해 그럭저럭 이해하게 됐다고 생각하니까."

"뭐, 뭐야?! 무, 무슨 말을 하는 거야 당신?! 지금 방송 중이거든?!"

"오~? 뭐야, 뭐야? 쑥스러운 건가?"

"이이, 망할 꼬맹이……!"

: 앗, 위험해. 존귀함 과잉섭취로 죽음.

: 어머어머, 우후훗. ¥50,000

: 음식물쓰레기랑 연관 지어진 지구인을 쓸만하다고 하다니, 멋진걸!

: ※아까 정답이 뻔히 보이는 상황에서 19금 방송이라고 대답한 사람입니다.

: 선생님한테만 강하다니, 사랑이 느껴지는군.

"""(짝짝짝짝짝짝!!)"""

나와 마시롱은 그 광경을 보고, 그저 박수를 보낼 수밖에 없었다. 졌는데도 개운한 기분이다.

이걸로 모든 게임 종료! 마지막에 걸맞은 전개였으니까, 이대로 기분 좋게 방송을 끝낼 수 있겠어! 후배여, 멋지구나!

"내가 말하는 것도 그렇지만, 어쩌다 보니 아와마시랑 타다츄리의 꽁냥 대결처럼 됐네."

"꽁냥꽁냥 안 했어요!!"

"……응? 분명히 마시로 선배는 슈와 짱 선배에게 프로포즈를 끌어내고, 미야우치도 선생님의 주제를 맞췄다. 우연이긴 했겠지만, 선생님도 미야우치의 주제 때 개성을 발휘했었지. 그러나 슈와 짱 선배는……."

…………어라? 그러고 보니 내가 이 방송에서 한 일은…….

"마시로 선배가 낸 주제의 의도를 못 깨닫고, GM일 때는 후배인 미야우치에게 성희롱!"

"""…………."""

"스——읍……."

……위험해. ……아무 변명도 할 수 없어…… 주변으로부터 강한 프레셔를 느낀다…….

"마시로 선배, 선생님. 이 녀석, 처형해 버리는 건 어떻지?

"으엑?"

"그렇네. 찬성이야. 제1게임에서 마시로 양이 말한 것처럼 분명 마음이 늑대인 거야.”

“자, 잠깐! 자자잠깐?!”

어?! 이 전개 뭐야?!

“기다려! 잠깐, 그게 아니잖아?! 이건 존귀함으로 기분 좋게 끝내는 흐름이었잖아?!?!”

“아와유키 양, 워드 울프는 대화 속에서 늑대를 발견해 처형하는 게임이잖아? 그러니까, 응?”

“말이란 건 하기 나름이네?!”

“슈와 쨩.”

“마, 마시롱! 이 마무리는 너무하지 않아? 마시롱은 이해해줄 거지? 구해줄 거지?!”

“……같이 야반도주 할까?”

“이쪽은 이쪽대로 이상하게 반응하고 있어어어어엇?!?!”

“후하하하하하핫! 어떠냐, 벌써 설욕했다고!!”

: ㅋㅋㅋㅋㅋㅋㅋ

: 인과응보로군요~. ㅋㅋ

: 역시 라이브온이라면 이렇게 삐딱함을 노려야지!

: 이것이 소문으로 들은 라이브온 마피아 게임인가요.

: 말은 그래도 다들 즐거워 보여! (*´ω`*)

어째선지 이 워드 울프 방송은, 내가 혼자 진 것 같은 형태로 막을 내리게 되었다…….

며칠 뒤.

"으응?"

아직 해님이 고개를 내밀고 얼마 안 된 시각, 스마트폰에서 울려 퍼지는 전화를 알리는 착신음에 눈을 떴다.

무슨 일일까 싶어서, 졸음으로 안 열리는 눈꺼풀을 억지로 열고 스마트폰 화면을 보자, 아무래도 대거 쨩의 전화가 온 모양이다.

의외의 상황에 조금 눈이 떠졌다. 대체 이런 시간에 무슨 일이지?

"여보세요?"

전화를 받았다.

그것은 너무나도— 너무나도 갑작스런 일이었다.

"스승님…… 어떡하지……? 나, 라이브온 잘릴지도 몰라……."

"…………어?"

그렇게 내 귀에 처음에 들린 것은 평소의 기운찬 모습에서는 상상도 하기 힘든 비통한 음색을 한 대거 쨩의 말이었다.

제3장

대거 짱의 위기?

"있지, 나…… 방송에서 사고 쳐버렸어……."

"저도 그랬어요."

"스승님 이상으로 위험한 사고야……."

"진짜인가요……."

대거 짱의 전화에 보통 일이 아니란 낌새를 느낀 나는, 늘어져 있던 자세를 바로잡고 집중해서 대거 짱의 이야기를 듣기로 했다.

그건 그렇고 『라이브온에서 잘린다』라니……. 나 이상이라고 했는데, 대체 무슨 사고를 치면 그렇게 되지? 애당초 라이브온에 잘린다는 개념이 있나? 평화로운 방송이 오히려 방송 사고라는 말을 듣는 내가 마음껏 활동할 수 있는 사무소거든? 내일부터 내가 『야겜에 나오는 L○NE의 명칭 바꾸기 베리에이션 소개 VTuber』가 된다고 해도 십중팔구 허용해줄 사무소인데?

……안 되겠다. 이 상황에 도움이 되진 않을 것 같아. 일단 얌전히 이야기를 듣자.

"그러면, 일의 경위를 처음부터 부탁할 수 있을까요?"

"응……. 저기, 요전에 밸런타인데이 기획 있었잖아? 초콜릿 만드는 거."

"네, 물론 기억해요."

"그때 말야, 내가 돌아갈 때 말야…… 스승님한테 받았잖아?"

"스읍——."

"스ㅇㅇ로…… 받았잖아?"

"스읍————."

어라아? 이상하네에? 얌전히 이야기를 들을 셈이었는데 갑자기 도망치고 싶어졌네?

"스, 스승님? 괜찮아?"

"아, 아아아아! 문제없고말고요! 그럼요, 그럼요. 그런 일도 있었네요!"

평정심을 꾸미려고 괜히 더 커다란 소리로 대답을 했다. 안 그러면 목소리가 떨리고 말 것 같아서.

지, 진정해. 진정해는 거야. 소중한 후배가 심각한 음색으로 상담을 해오는 거라고. 수많은 카오스를 극복해온 역전의 선배로서 진지하게 대응해라. S.Z.가 들린 것 정도로 조바심 내지 마.

그리고 아직 그런 일도 있었네요 단계니까. 여기서부터 이야기의 흐름이 바뀔 가능성도 크게 있으니까. 응.

"이, 이어서 말해줘요."

"그래? 그러면, 저기, 그 스○○로 말인데. 스승님한테 받은 게 정말 기뻐서 말이야. 평범하게 마시기 보다는, 좀 더 뜻깊게 마시고 싶다고 생각해서."

"그렇군요."

"그래서 말야. 시청자한테 받았다고 방송에서 알렸더니 말야……. 방송에서 마시자고 해서."

"그렇군요."

"나는, 그거다! 싶어서 다 같이 이 고마움을 곱씹으면서 마시자고 생각해서 말야, 어제 있지, 마침내 방송에서 마시기로 했거든."

"그렇군요."

"그래서 말야, 마셨더니…… 사고 쳤어."

"그렇군요."

그렇군요. 그렇군요, 그렇군요, 그렇군요.

"대거 쨩, 주소를 알려줄 수 있나요?"

"어, 주소? 상관없는데, 왜 지금?"

"지금 당장 가서 엎드려 사죄할게요."

"어, 엎드려?!"

"아니, 지금 할게요. 네, 지금 했습니다. 이대로 엎드린 채 들을게요."

"잠깐?! 어째서?! 왜 엎드려 사죄?! 그만해, 그만해!"

"그치만, 그치마안! 이건 다시 말해서 제 탓이란 거잖아요오오오오오오오오—!!!!"

죄에서 용서를 구하듯, 바닥에 이마를 비비면서 외쳤다.

"진정해, 스승님! 아니야! 사고 친 건 내 탓이니까!"

"계기는 아무리 생각해도 저잖아요! 그리고 후배의 가방에 스○○로를 넣는다니 지금 생각하면 뭘 한 거지, 나는! 기운 차리게 해주긴커녕 술로 도망치라고 해석해도 이상하지 않은 짓이잖아! 그런 선배라니, 싫다아! 아아, 정말로 진짜로 미안해요오오오오오오오오오오—!!!!"

"그렇지 않다니까! 나 정말로 기뻤어! 이번에도 너무 들떠서 내가 자폭한 것뿐이지, 스승님은 잘못은커녕 훌륭한 선배야!"

"정말로? 저한테 상담한 것도, 책임추궁을 위해서가 아닌가요?"

"아냐아냐! 오히려 어떡해야 하나 생각했을 때, 맨 먼저 듬직한 선배로 스승님이 떠올랐으니까 전화했어! ……분명히 내 설명하는 방식이 안 좋았나봐. 나도 꽤 초조해서, 미안……."

"아, 아뇨! 오히려 설명을 요구한 건 저니까요. 얼버무리면 일이 꼬이기만 하니까요. ……미안해요. 흐트러졌네요. 이제 괜찮아요."

대거 쨩이 다시 풀이 죽는 걸 보고, 드디어 나는 차분함을 되찾았다.

본래 그다지 거짓말이나 비꼬는 말을 못하는 애다. 솔직하게 받아들여야 할 텐데, 나는 뭘 하고 있는 거지?

진정해라. 의지를 해줬으니까, 이야기를 듣는 쪽이 냉정하게 대응해야지. 안 그러면 해결 할 수 있는 것도 못해.

후우…… 다음은…… 그렇군.

"일의 경위는 알았어요. 그러면…… 말하기 어려울지도 모르지만, 그 『사고』란 것은, 구체적으로 뭘 했다는 건지 가르쳐 줄래요?"

그래, 결국은, 이걸 알 수 없으면 어떻게 대응해야 할지 판별을 못한다.

"우………… 알았어."

조금 말문이 막힌 기색의 대거 짱이었지만, 흐트러져버린 나를 아직 신뢰해주는 모양이라 확실하게 양해해 주었다.

어디…… 사고 친 내용이, 돌이킬 수 없는 것이 아니면 되는데…….

"일단 말야, 이거 봐."

"응?"

대거 짱에게서 채팅으로 동영상 링크가 왔다.

영상 타이틀은—『대거 짱, 드디어 ○○을 되찾다【라이브온/키리누키/대거】』.

이건 다시 말해서 사고 친 부분만 딴 클립 영상인가? 방송의 좋지 않은 부분을 따다니, 괘씸한 녀석이 다 있네.

"이걸 보면 대강 알 수 있어."

"알았어요. 지금 열게요."

일단 그 말에 따라 영상을 열고, 시청을 시작했다.

우선 화면에 펼쳐진 것은 방송의 클립 영상. 화면에 적힌 날짜를 보아하니, 밸런타인데이 기획 이튿날로 보이는 대거 쨩의 방송이었다.

『짜자~안! 이거 봐! 어제 돌아올 때, 스승님한테 받았다!』

방송의 대거 쨩이 기운 넘치는 목소리와 함께, 화면에 냉장고 센터 포지션에 자리잡은 스○○로의 사진을, 커다랗게 표시했다. 내가 준 물건이 틀림없네.

: 벌써 웃기기 시작했어 ¥220

: 몸의 일부를 건네다니, 실질적으로 호○맨이네.

: 사실은 인류로선 이해 할 수 없는 성대한 성희롱이었다든가?

: 후배한테 포교하지 말아줘.

: 미성년의 음주는 안 돼!

『스○○로는 마신 적 없지만, 아슬아슬하게 술 마실 수 있는 나이거든~! 봐~라. 좋겠지? 좋겠지이~! 마시긴 해야 하는데 아까우니까 자랑한다~! 니에헤헤헤에~!』

: 웃음소리가ㅋㅋ

: 대거 쨩, 성인이었어?!

: 이제 이 정도 설정 모순에는 아무도 태클 안 거는구나.

: 내일쯤 아리스 쨩이 기막힌 규모의 거래 연락을 할 거라

고 생각하지만, 무시해야해~.

: 솔직히 직접 받은 건 부럽다.

: 방송에서 마시자 ¥500

『오!! 그거다! 방송에서 마시는 거, 좋네! 그러자, 그러자~! ……하지만 조금 더 보고 즐길래~(방긋).』

5기생의 수익화가 통과됐구나…… 열심히 하고 있네……가 아니라! 그렇구나. 우선 경위 설명이란 거구나! 정성스럽네.

화면이 바뀌고, 바뀐 날짜를 보니 어제의 방송 풍경이었다. 드디어로군…….

『우와~ 긴장된다! 딴다? 정말로 딸 거야? 다들 준비 됐지? 그러면…… 스승님한테 감사를 담아서, 인생 첫 스○○로, 잘 마시겠습니다! 푸슉!!』

: 푸슉! ¥220

: 딱 사왔지(푸슉!)

: 스○○로 스승님, 감삼다!

: 중2병 스승이야.

: 스○○로 중2병 스승이겠지.

: 뭐냐, 그 끝장난 칭호는.

아무래도, 드디어 그날 건넨 스○○로의 캔을 딴 모양이다. 다른 술도 아니다. 한동안 따지 않은 스○○로라는 걸, 나는 캔 따는 소리로 알 수 있지.

『꿀꺽꿀꺽꿀꺽꿀꺽.』

그대로 목을 울리며 마시는 대거 쨩.

『……어, 어른의 맛이다…… 역시 스승님.』

떫은 목소리로 말한 그 감상에, 무심코 웃음이 터질 것 같았다. 아무래도 처음부터 맛있다고는 못하나 보네. 익숙지 않으면 그 씁쓸함과 인공적인 맛도 감칠맛이 되는데~.

: ㅋㅋㅋ

: 슈와 쨩은 이런 맛이구나…….

: 위험해! 흥분돼…….

: 초딩 입맛.

: 천천히 마시자.

『그래! 기껏 받은 거니까, 아무리 시간이 걸려도 한 캔 정도는 다 마실 거야!』

그 말을 마지막으로 화면이 다시 바뀌었다. 날짜가 바뀐 게 아니라, 같은 방송 안에서 컷 편집이다.

내 예상으로는 이제 슬슬 사고 친 부분이 올 것이다…… 이 흐름은 다시 말해서, 취해서 사고가 둔해진 탓에 평소에는 자제하고 있던 무언가가 풀어진 것이다. 그런 거겠지.

개인 정보 유출은 좋지 않은데. 내부 정보 유출 등의 계약 위반 사항도 상당히 위험해. 하지만 나 이상의 사고로 인해 잘리는 걸 걱정할 레벨이라면, 이런 것밖에 안 떠오르는 게 두렵다…….

『……햄버그 머꼬 시퍼.』

……응?

1시간 뒤라는 자막이 표시되고 바뀐 화면에서 들린 것은, 명백하게 만취한 걸 알 수 있는 흐물흐물한 대거 쨩의 목소리였다.

응. 그것까지는 예상했는데…… 해, 햄버그?

: 해, 햄버그?

: 갑자기 뭔 일이야?!

: 취했구만 ㅋ

: 술에 약하네.

: 귀엽다.

『그렇지, 더우니까 후드 벗을래~. 아……어쩐지, 스○○로의 맛에도 익숙해졌으니까…… 햄버그 먹고 싶어.』

: 엥??

: 술안주가 필요하다는 거야?

: 갑작스러운 후드 벗기, 감사합니다!

: 머리가 전혀 안 돌아가네 ㅋㅋㅋ

: 햄버그스테이크, 좋아해?

『엄~청 좋아해애! 옛날부터 제일 좋아하는 요리!』

…………

: 그렇구나!

: 그래그래, 맛있지.

: 햄버그스테이크 사 드세요. ¥682

: 취하면 유아가 되는 타입이었나…….

: 옛날부터……? 기억상실인데……?

: 앗.

: 설정 구멍을 놓치지 않았군…….

『응~? 기어억? 기억은 말이지이~ 지금 돌아왔어!!!!』

?!?!?!?!

: ?!?!

: 어?!

: 괘, 괜찮아?

: 그렇게 고집부렸는데…….

: 그, 그거 괜찮나?

『짜짜——안! 아—↑↑!!(짝짝짝짝짝짝!)』

: 짜잔~이 아니고…….

: 스○○로가 기억의 부활에 효과적이라는 것이 밝혀지고 말았구나.

: 의학계에 충격이 퍼지다.

: 의사「스○○로 처방해 드릴게요~.」

: 오히려 기억이 없어지는 쪽이지 않아……?

: 추, 축하해? ¥10,000

: 기억을 되찾아도 즐거워 보여서 뿌듯하네. 나쁜 기억이 아니어서 다행이야!

: 데뷔 때 말했던 검게 그을린 고깃덩이 운운은 뭐였지…….

『아~? 아하하하하! 그거 햄버그! 삐야악~↑↑』

…………..

: ㅋㅋㅋㅋㅋㅋㅋㅋ

: 뭐어~!!!!

: 진짜냐ㅋㅋ

: 그러면 타오르는 불꽃은 조리 중이었단 건가…….

: 끄, 끈적한 붉은 액체는?

『나, 햄버그에는 케첩이 좋아…… 후헤헤헤(방긋~).』

¥50,000

: 너무 귀엽다.

: 캐릭터 붕괴가 멈추질 않네.

: 처음부터 삐걱대는 블록 타워 같은 거였으니까…….

: 케첩 값입니다. ¥10,000

: 그야 눈앞의 햄버그스테이크를 먹기 위한 용도라면 대거가 빛나겠지.

: 어쩜 이렇게 처참한 광경일 수가?!(위꼴 테러)

: 손에 든 건 대거가 아니라 나이프 아닐까……?

: 나이프 쨩이라고 불렀던 하레룽은 이걸 간파했나?!

: 포크를 깜빡하신 것 같은데요?

: 이걸로 정말 괜찮은 걸까…….

: 취기가 깨면 위험하겠다.

: 아와유키 쨩. 또 사고 쳤구만.

: 스○○로 캔을 매개로 원거리 공격까지 손쉽게 해낼 줄은.

: 그 녀석, 정말 인간 맞아?

: 해부하면 몸 안에서 코○코○ 코믹 잡지 같은 게 나올 것 같은 사람이니깐.

: 귀여움은 재능, 그러니까 귀여운 대거 쨩은 훌륭하다.

『귀여워? 에헤헤, 기쁘다……. 있잖아, 있잖아. 햄버그 먹었더니 너무 맛있어서, 그 충격으로 기억이 날아가 버린 거 어때~! 귀엽지! 우후~완벽한 논리~! 나는 천재!』

: 터무니없는 PON 설정이라 육성으로 터졌음ㅋㅋ

: 이건 천재 맞네요.

: 그 설정이라면 어엿한 지방 마스코트 캐릭터예요.

: 귀엽다고 하는 것도 사실은 엄청 기뻤구나 ㅋㅋㅋ

: 라이브온다운 행동 중인데도, 평소보다 훨씬 귀여우니까 나도 모르게 초조해지네.

: 햄버그스테이크를 좋아하는 대거 쨩, 이제부터는 줄여서 햄버거 쨩이라고 부르자.

: 그건 뭔가 아니지 않냐…….

: †햄버거†

: 그렇게 말하면 아와유키 짱은 햄버그 스승이 되는걸.

: 햄버어어어어어어어어어——그!!!!

: ㅋㅋㅋ

…………………….

『꿀꺽, 꿀꺽, ……앗, 스○○로 다 마셔버렸어…… 스승님, 잘 마셨습니다! ……졸려! 이제 잘래요! 오늘도 감사합니다~!』

: 잠깐?!

: 방송 끝이야?!

: ㅋㅋㅋ진짜 뜬금없네!

: 수, 수고했어~?

: 잘 자! ¥10,000

: 다음부터 앤 캐릭터 어떻게 되는 거지……?

……영상이 끝났다.

"…………………….."

"스승님…… 나 어쩌지……."

잠시 말을 잃고 있는데, 시간적으로 다 본 걸 짐작했는지, 다시 방송의 흐물흐물하고는 또 다른 약해진 대거 짱의 목소리가 전화에서 들렸다.

……어쩌지? 어쩌지…… 어쩌지…….

"………………어쩔 수 없을 정도로 귀엽네요?"

"그게 아니야아아아아아앗!!!!"

분위기가 확 바뀌어, 이번에는 떠들썩한 대거 짱의 외침 소리가 귓속에서 메아리쳤다.

아니, 그래도…… 지금 그 영상을 보고 이것 말고 어떻게 반응을 하라고……?

나는, 예를 들자면 늦잠을 잤다고 생각해 번쩍 일어났더니 휴일이었다는, 그런 탈력감에 휩싸였다…….

"스승님, 영상 안 봤어?! 나 지금 위험하단 말야!"

"아뇨, 확실하게 다 봤어요. 큐트한 라이브온이었네요."

"스승님, 무슨 말이야?! 위험하다니까! 카탓타에서도 현재진행형으로 햄버거 짱이랑 햄버그 스승이 퍼지고 있어! 이대로 가면 나 잘릴 거야!"

"저까지 말려든 거네요……. 일단 계기는 저니까 받아들입니다만……."

"받아들이면 안 돼애!!"

대거 짱과 내 텐션이 더욱이 반비례한다.

그러나 그것도 어쩔 수 없는 일이다. 스스로를 포함하여 수많은 캐릭터 붕괴를 체험해온 나로서는, 대거 짱이 느끼는 위기감을 전혀 이해할 수가 없다. 터무니없는 기우로만 들리는데.

오히려 드디어 대거 짱도 라이브온으로서 실력 발휘를 하는구나~ 정도로 생각했는데…….

지금까지의 카오스한 라이브온과 달리 귀엽다는 뉘앙스

를 전면으로 내세운 라이브온이라. 전통 속에 신선함도 있어서 대단히 좋다고 생각한다.

그런데 어째서일까? 일단 사고를 치긴 했으니, 자신이 캐릭터 붕괴를 일으켜버렸다는 것에 조바심이 나는 걸까? 나도 방송을 제대로 끄지 않았단 걸 깨달은 순간은 상당히 흐트러졌으니까 이해 못 하는 건 아니지만, 그래도 절대로 나 이상의 사고를 쳤다고 생각되진 않는단 말이지.

“앗, 혹시 지금 그 영상 말고 다른 곳에서 위험한 사고를 친 건가요?”

“아니, 지금 그게 거의 전부야.”

“다음에 같이 햄버그 만들까요?”

“스~승~님~!!”

안 되겠다. 대거 쨩의 반응이 더욱이 격해지기 시작했다. 이 반응을 보니, 아무래도 정말로 잘리는 걸 걱정하는 것 같다.

……이건 이제 한 번 진지하게 이야기를 들어보는 편이 좋을 것 같네.

한 번 기침을 하고, 힘이 빠진 몸의 자세를 억지로 바로 잡았다.

“미안해요. 조금 너무 맥이 빠져버렸네요.”

“앗, 저, 저야말로 미안해요…… 막 소리 치고 그래서…….”

“아니, 괜찮아요. 선배란 후배가 의지해줬으면 하는 생물이니까요. 하지만 아직 이해가 잘 되질 않는 것도 사실이니까, 대거 쨩이 생각하는 자신이 잘린다는 위기감의 이유를 가르쳐 줄래요?"

"응…… 나 말야, 라이브온에 들어온 건 기억상실 캐릭터라서란 말야. 그것 말고는 아무것도 없어."

"아무것도 없다고요? 아니, 그렇지는—."

"들어 봐. 난 있지, 라이브온에 어떻게든 들어오고 싶어서 막상 오디션을 받으려고 했을 때, 태평하게 살아온 나에겐 라이브온에 걸맞은 재능이 하나도 없다는 걸 깨달아 버려서…… 실제로도 가진 용기를 전부 쥐어짜서 기억상실 캐릭터로 사무소에 돌격 안 했으면, 못 붙었을 거야."

"아아, 역시 기억상실은 아니었던 거군요. 그건 그렇고 그 돌격 에피소드는 실화였나요……."

"응! 힘냈어! ……하지만 이건 다시 말해서, 타다스 쨩이나 선생님의 재능하고는 뼛속부터 다르단 거지. 나중에 덧붙인 거니까. 아마 이렇게 덧붙인 걸 보고 라이브온도 합격시켜준 거라고 생각하는데, 어제 방송에서 제아무리 엉망일지라도 지켜왔던 것마저 스스로 부정해 버렸으니까…… 이제 난 라이브온에 있을 자격이 없어."

"흐음……."

그렇군. 태클 걸고 싶은 점도 몇 가지 있지만, 일단 이야기의 흐름은 이해했다.

그걸 고려해서, 내가 해줄 말은—.

"하지만 잘리는 건 있을 수 없어요."

결론적으로 이렇게 된다.

"모르는 거잖아! 이제 필요 없는 애라고 버려질지도 몰라!"

"만약 이걸로 잘린다면 라이브온의 대응이야말로 사회 문제가 됩니다. 이래봬도 기업으로 움직이고 있으니까요. 컴플라이언스 같은 것도 있어요. 이걸로 자를 수는 없어요. 회사로부터 호출 전화 같은 것도 없었죠?"

"으으, 그건 없었지만…… 그래도, 그래도! 라이브온의 짐덩이가 되면, 라이브온 팬으로서 난 스스로를 용서 못 해……."

"으음……."

이건 아까도 태클 걸고 싶었던 점 중 하나인데, 대거 짱에게 기억상실 외에 라이브온에 걸맞은 재능이 없다는 건 잘못된 생각이라고 느꼈다.

그렇다고 「이것이 당신의 재능입니다」라고 확실하게 언어화할 수 있는 정도는 아니지만, 이 아이가 평범하지 않다는 건 안다(칭찬입니다).

아, 하지만 그 재능이 뻗어나간 끝에 『귀엽다』가 있는 건 분명하네.

"대거 짱은 귀엽잖아요. 그걸로 이미 존재의의는 충분해요."

"귀엽다니…… 그것 자체는 기쁘지만, 기억상실 캐릭터로서는 그래서 안 된단 말야…… 좀 더, 멋있어야 해!"

"아~! 그래서 귀엽다는 걸 그렇게 피하고 멋짐을 고집했던 거군요! ……어라? 하지만 속내를 감추는 건 힘들지 않나요? 스트레스를 많이 받진 않아요?"

"스트레스? 어째서? 나는 라이브온에 있는 게 제일 행복하니까, 스승님이랑 같이 활동할 수 있는 거, 엄청 즐거운걸?"

"그, 그렇군요……."

이건 새로운 가치관이다……. 그렇구나. 옛날보다 인기가 생긴 지금의 라이브온에는, 이런 타입의 사람이 생기기도 하는구나…….

……어, 그러면 어떻게 하는 게 좋을까? 지금까지는 없었던 케이스라서, 나도 어떤 조언을 주는 게 좋을지 모르게 됐다.

해결책을 생각하고자 해도, 이 케이스는 표현이 좀 그렇지만, 이유를 억지로 붙이기만 하면 어떻게든 되지 않을까 하는 생각이 들어서 오히려 머리가 혼란스럽다…….

일단 이야기를 정리하자. 대거 쨩은 라이브온에 있고 싶지만, 기억상실이라는 소재가 없는 자신에겐 라이브온에 있을 자격이 없다고 생각하는 거지?

"아, 그러면 기억상실을 되찾는 건 어떨까요? 아까 영상에서도 『햄버그가 너무 맛있어서 기억이 날아갔다』라고 말했었잖아요? 그거랑 같은 느낌으로…….”

……진짜로? 진지하게 그렇게 생각해? 일단 떠오른 해결책을 말해봤지만, 내가 말해놓고도 스스로를 의심하지 않았어?

아니, 분명히 기억상실이라고 우기는 상태로 돌아가면 되는 거니까 틀린 건 아닐지도 모르지만, 기억상실을 되찾는다는 말은 또 뭐야…….

“스승님—.”

우와, 이거 화내려나?! 저, 정정하자!

“대, 대거 쨩? 저기, 역시 지금 그건 취소…….”

“천재야?”

“응?”

대거 쨩이 보인 예상외의 반응에, 무심코 고개를 갸웃거렸다.

“그거다! 그거야, 스승님!!”

“뭐, 뭐가 말인가요?”

그리고 이때, 나는 새삼 확신했다—.

“만들자!”

“네?? 뭘?”

역시 애는—

“되살아난 기억마저 날아가 버릴 『궁극의 햄버그스테이크』를, 같이 만들자!!!!”

"……네?"
절대로 보통 애가 아니라는 것을…….

"스승님! 재료랑 조리기구 준비 다 됐어~!"
"고맙습니다."
"아와유키 선배, 우리 대거 짱을 대신해서 사과하지……. 미야우치가 도울 일이 있으면 사양하지 말고 말해다오……."
"선생님은 배고파. 얼른 만들어줘."
여기는 대거네 집의 부엌. 그곳에 앞치마를 입은 나와 대거 짱이 있고, 거실에는 테이블에서 그걸 견학하고 있는 타다스 짱과 츄리리 선생님의 모습이 있었다—.

시간을 거슬러 올라가 대거 짱과 통화 중일 때—.
"정말로……? 정말 그 방향으로 가는 건가요……?"
『스승님이랑 햄버그스테이크 만들기!』 같은 제목으로 방송을 해서, 궁극의 햄버그를 만든 뒤 그걸 먹어서 기억상실을 되찾는다. 나는 대거 짱이 제안한 그 작전을 몇 번이나 반복해서 확인했다.
"그럼! 그 이상의 작전은 없어!"
그런 나와 대조적으로 자신만만한 대거 짱. 마치 아까랑

입장이 뒤바뀐 것 같았다.

결국에는 무슨 일이 있어도 이걸 하겠다는 듯 『햄버그스테이크로 기억이 날아간 전례가 이 몸에는 있어!』라고 큰소리를 치는 대거 쨩의 기세에 떠밀려, 나는 고개를 끄덕일 수밖에 없는 상황이 되었다. 뭐랄까, 지금까지의 경험에 따르면 이렇게 된 라이브온 라이버는 누구도 더 이상 막을 수 없다는 걸…….

그렇지만…… 캐릭터 설정 이야기라고는 하나 전례에 기반한 이론까지 있는데도, 이렇게나 고개를 끄덕이는 것이 망설여진 건, 내가 이상한 것일까……?

그렇게 이런 대화를 몇 번이나 반복한 끝에, 나는 이렇게 생각하는 것으로 스스로를 납득시켰다.

에○테일 광고[#19]가 세이프라면 이것도 괜찮겠지.

"알겠어요. 그 작전으로 가죠……. 앗, 그런데 그 궁극의 햄버그라는 건 어떻게 준비하나요?"

"후후훗, 스승님—."

"뭐, 뭔가요?"

"허무(없으니까)에서 창조(만드)하는 거야."

"정말로 얘는 쓸데없을 때만 중2병이 된다니까요~!!!!"

#19 에버테일 광고 2019년 일본에서 만든 서브컬처 모바일 게임. 게임 자체는 방치형 미소녀 가챠 게임이나, 본편 내용과는 전혀 상관없는 잔인하고 공포 게임 같은 광고를 내보낸 것으로 유명하다.

그렇게 다시 시간을 되돌려서 오늘, 우리는 궁극의 햄버그— 그 시험작을 위해 대거의 집에 실례한 것이다(타다스 짱과 선생님은 시험작의 시식 담당이다).

요리 콜라보가 정해졌으니, 사전 연습이라고 생각할까. 그러면 나도 대환영이야. 나도 사건의 계기 중 하나인 만큼 이제 물러설 수 없으니까, 라이브온답게 기세와 분위기로 돌파해주지!

"좋아요! 그러면 만들기 시작할 텐데, 대거 짱의 취향에 맞는 햄버그스테이크를 만들면 되는 건가요?"

"물론! 다음에 또 스○○로를 마셔도 기억이 돌아오지 않을 녀석을 만들자!"

"그건 당신이 조심해야 되지 않을까……. 덧붙이자면, 최악의 경우 맛이 없어도 「맛있다! 기억 날아갔다~!」 라고 우기면 되는 거 아냐?"

"선생, 우리는 시청자를 진지하게 대해야 한다. 이런 사태가 생겼을 때, 하다못해 최대한의 노력을 하는 것이 라이버의 모습일 거다."

"그럼, 그럼! 자연스러움을 위해서, 만드는 도중에는 어디까지나 요리 방송의 형식으로 갈 셈이고!"

"그래그래. 어디까지나 최악의 이야기야."

5기생끼리 대화하는 와중에, 아무래도 타다스 짱과 선생님에게 눈길이 가버린다.

먹는 담당이라는 것은 당연히 직접 만나야 할 수 있는 일이다. 다시 말해서 타다스 짱과 선생님하고, 오프라인에서는 이것이 첫 대면이다(선생님과는 데뷔 전에 우연히 타인으로서 마주친 적이 있었지만).

만났을 때 서로 자기소개는 나누었다. 미야우치 타다스의 미나모토 사마네 양과 츄리리 선생님의 오카바야시 마리 씨.

이 두 사람은 뭐랄까, 방송 밖에서도 변함이 없구나~ 란 인상이었다. 알맹이가 라이버랑 거의 같은 타입일 거야.

"애당초, 햄버그스테이크 만들기 같은 고생을 사서 할 필요가 있어?"

"에이. 이 흐뭇함이야말로 대거 짱의 매력이 아닌가?"

……대거 짱은 이 두 사람에게 아직 기억을 잃지 않은 자신이 라이브온에 걸맞지 않다고 생각하는 것은 말하지 않은 것 같다.

문제의 해결책이 있는 이상 이야기를 퍼뜨릴 필요성이 없기 때문일지도 모르지만, 전화로 이야기를 들어본 바로 대거 짱은 둘에게 일종의 콤플렉스를 느끼는 부분도 있을지 모르겠다.

……응. 대거 짱을 위해서도 그녀가 라이브온에 걸맞은 이유를 언어화하는 것에, 나도 노력해 보기로 할까.

"자, 그러면— 만들어볼까요!"

우선 재료를 커팅—.

"오, 이 식칼 잘 드네요!"

"후후훗, 스승님? 사실 그건…… 『위험한 경로』로 마련한 거야……."

"위, 위험한 경로?!"

"amaz*n에서 샀다고 했었지."

"선~생~님~!!"

다음으로 재료를 합쳐 잘 섞어서 반죽을 만들고—.

"하아, 하아, (주물럭주물럭주물럭주물럭)"

"아아, 안 돼, 대거 짱! 저렇게 가쁜 숨을 쉬면서! 손이 지저분한 것도 신경 쓰지 않고! 손가락을 능숙하게 써서! 그런 야한 소리를 내다니! 이, 이건 규규규규규제르르를해야돼애애애애애애—!!!!"

"시끄러워어어어어어어—!!!!"

다음은 반죽의 모양을 타원형으로—.

"스승님."

"네~에?"

"이거 봐! 별 모양!"

"어머, 잘 만들었네요~!!"

"""모녀냐!"""

그리고 그것을 불에 올리고—.

"구워지는 소리가 좋네요! ……어라? 그러고 보니 대거 짱, 기억을 되찾은 부분은 다양한 곳에서 클립을 따갔었죠? 기억상실을 되찾은 다음에는, 그것들을 어떻게 할 건가요?"

"그건 말야! 내가 안 보면 돼!"

"천재인가요?"

"아, 아와유키 양?"

"아와유키 선배도 상당히 대거 짱한테 익숙해진 것이군!"

마지막으로 대거 짱의 취향에 맞춰 케첩을 뿌리면—.

"자! 궁극의 햄버그 시험작 제1호, 완성입니다!"

"좋았어! 잘 먹겠습니다!"

다음은 그것을 먹은 대거 짱의 감상을 토대로 굽는 방식이나 맛을 조정. 이걸 만족할 때까지 반복한다. 중간부터는 보다가 하고 싶어졌는지 타다스 짱과 츄리리 선생님도 섞여서, 같이 여러 가지 햄버그스테이크를 만들었다.

처음에는 조금 당황하기도 했지만, 막상 해보자 열중하게 될 정도로 즐거운 시간이었다. 누군가와 요리를 한다는 건 좋은걸. 떠들썩하게 만드는 건 즐겁고, 먹어주는 사람이 있는 것도 모티베이션이 된다.

그리고 드디어—

"————흡!!!!"

완성된 햄버그를 먹은 대거 짱이 과장 없이 빛날 만큼 눈빛을 반짝인 그때, 시험작 만들기는 끝났다.

"이제는 이 레시피를 토대로, 방송에서 만들기만 하면 되겠네요."

"그럼! 정말로 감사합니다!"

"후훗. 인사를 하는 건 아직 일러요."

5기생 팀이 뒷정리를 해준다고 하니, 나는 먼저 실례하게 되었다.

돌아갈 때, 하다못해 현관 앞까지라며 대거 짱이 배웅해 주었다.

"그럼 저는 이만."

"……스, 스승님!"

"네? 왜 그러나요?"

"아니, 그게 말야…… 사과하고 싶은 게 있어서…… 조금 말하기 어려운 거니까, 이렇게 늦어 버렸는데……."

"사과하고 싶은 일?"

평소와 달리, 이상하게 꾸물거리는 대거 짱. 뭔가 안 좋은 거라도 있었던 걸까……?

"응. 있잖아…… 내가 궁극의 햄버그 안을 강하게 제안

했을 때 말야, 물론 내 라이브온 인생이 걸려 있으니까, 해결할 수 있는 절대적인 자신이 있었던 거지만…… 또 하나 이유가 있어서……."

"이유?"

"……있잖아…… 이, 이 작전이면…… 스승님이 만든 햄버그를 먹을 수 있을 것 같아서…… 욕심 부려서 미안해요."

얼굴이 새빨개져서 고개를 숙이는 대거 쨩.

흐~응.

"대거 쨩."

"응?"

내 목소리에 고개를 든 대거 쨩의 눈을 보고, 나는 선언했다.

"방송 당일, 궁극의 햄버그스테이크를 약속할게요."

"스, 스승님……."

"괜찮아요."

"아, 저, 그게, 스승님?"

"아무 걱정도 하지 말아요. 맡겨만 둬요."

"으응, 그게, 그게 아니라…… 코, 코피 나는데?"

응뉴우우우우우우우웅호호호호호호호호호!! 이 후배 느무 귀여워어어어옷호호홋오오옷호호오오오오오오오!! 포포포포포! 포포포포포! 오우오우오우오우오우오우오우오우오우히히히히히히히히히히이이이이이이이이이이――!!!!

그리고 맞이한 작전 결행의 날—.

"햄버어어어어어——그!!!!"

"아, 안녕하세요? 오늘은 기억을 되찾은 기념으로 햄버그를 만들려고 하는, 대거입니다……."

"햄버어어어어어——그!!!!"

"스, 스승님? 정말로 오늘 왜 그래? 벌써 방송 시작했는데?"

나는 햄버그 스승이 되어 있었다.

: 드디어 방송 시작! ¥1,000

: 기억 부활하고 첫 방송이라 기대된다!!

: 벌써 귀엽다 ¥20,000

: 귀엽다(귀엽다).

: 이제 다들 귀엽다고 말하는 걸 주저하지 않는 거 웃기네.

: 기억 되찾으니 진명도 떠올렸을까?

: 햄버거 쨩이다.

: 미국인이냐?

: 방송 엄청 많이 보고 있네.

: 햄버그스테이크 만들기……? 에이, 설마…….

: 그래서, 옆에 있는 멍청이는 뭐 하러 왔대?

: 스○○로 중2병 햄버그 스승.

: 네~에, 아와유키 쨩~. 거기 있으면 방해되니까 세이님한테 가자~.

: 아와유키 → 취하면 성격이 바뀐다, 대거 → 취하면 성격이 바뀐다.

: 역시 사제 맞네!

: 아와유키 쨩은 성격이 바뀐다는 수준이 아니지 않나?

: 대거 쨩이 햄버거 쨩이 되는 건 알겠는데, 왜 너까지 햄버그 스승이 돼 있냐!

"대거 쨩, 아까도 말했죠? 궁극의 햄버그를 만들기 위해서 정신통일을 하는 겁니다. 괜찮아요. 오늘은 안 취했으니까 손이 미끄러지진 않을 거예요."

"그건 그거대로 걱정이야! 정말로 어떻게 된 거야?! 오늘 스승님 눈도 충혈돼서 조금 무서운데?!"

"귀여운 후배가 저의 햄버그를 먹고 싶다고 말해줬다. 그것에 응답하고 싶은 것뿐이랍니다."

"분명히 전에 따로 말하긴 했는데! 이거 정말로 괜찮은 거야……?"

후훗, 아무 걱정 안 해도 돼요, 대거 쨩.

왜냐면— 저는 깨달아버렸어요.

저는 지금, 이렇게나 햄버그에 매료되어 있어요. 대거 쨩에게 먹여주고 싶다고 생각하고 있어요.

그건 다시 말해서, 초콜릿 만들기 때 건넨 그 스ㅇㅇ로를, 대거 쨩이 마시고, 그것이 대거 쨩의 몸 안에서 윤회전생하여, 또 다시 이 자리에서 대거 쨩에게 스ㅇㅇ로로서 재탄생하려고 하고 있다, 그런 것이죠.

“대거 쨩, 다시 한번, 당신에게 스ㅇㅇ로를 선물합니다.”

“어쩌다 그렇게 됐어?!?!”

: 그런 일이 있었던 거야?

: 오늘 아와 쨩, 상당히 위험한데!

: 이거 혹시, 초희귀 에어 스ㅇㅇ로를 빤 아와 쨩 아냐?

: 아직 아와의 인격이 남아 있는 것 같긴 한데, 그에 가까운 상태란 가설을 세워보겠어.

: 정말로 면접 때 뭘 한 걸까, 이 사람은…….

그렇게 요리 방송이 시작됐다.

처음에는 도우미 겸 촬영 담당인 대거 쨩이 다소 불안해 보였고, 채팅창도「또 뭔가 사고 치겠지」같은 반응이었다.

그러나 시간이 지남에 따라 그런 요소가 완전히 없어졌다. 대거 쨩이 말없이 숨을 삼키는 일이 늘어나고, 채팅창도 경탄 일색이 되는 것이다.

그런 가운데에서도, 나는 유유하게 공정을 시행한다. 왜냐면, 나에게 이건 당연한 일이다.

이 햄버그는 대거 쨩에게 스ㅇㅇ로인 거야. 그래, 다시 말해 나는 지금, 실질적으로 스ㅇㅇ로를 만들고 있는 거다.

코코로네 아와유키가 스ㅇㅇ로를 만들지 못한다니, 그럴 리가— 없는 것이다.

“자, 드세요.”

그릇이란 이름의 순백색 침대 위에, 정열의 색을 한 케첩을 음탕하게 두른, 유혹하는 듯 육즙을 흘리는, 궁극의 햄버그스테이크가 모습을 드러내고 있었다.

"굉장해……."

: 엄청 맛있어 보이잖아!

: 프로급이잖아, 이거.

: 화면 너머로도 좋은 냄새가 전해진다…….

: 진짜로 요리 잘 하는구나…….

: 맛있는 건 분명하겠지만, 이건 너무 맛있어서 기겁할 레벨이랄까…….

: 얼마나 이 요리에 진심인 거냐…….

: 기껏 가정적인 모습을 어필할 수 있는 장면인데, 삐딱하게 빗나가서 낭비하는 거 정말로 라이브온답네.

"이거, 먹어도 돼?"

"네. 대거 짱을 위해서 만들었으니까, 식기 전에 드세요."

"자, 잘 먹겠습니다……."

대거 짱이 긴장한 표정으로 햄버그를 나이프로 천천히 한 입 크기로 잘라, 포크로 찍어 입에 옮겼다.

지난번 시험작 완성품보다 잘 만들었지만, 레시피 자체는 그대로다. 조리공정이 최적화되어, 순수한 파워업을 하여 완성되었을 거야.

"아움………… 웁?!?!?!?!?!"

드디어 입에 넣은 대거 쨩, 그 반짝이는 눈을 보니 햄버그는 완벽한 모양이군.

자, 이제 대거 쨩이 기억을 잃었다고 하면 계획은 완수된다.

후우, 처음에는 당황도 했지만 끝나고 보니 즐거웠다.

"응~~~~~~~~~!"

"…………."

저, 저기…… 얼른 말해주지 않을래?

아니, 그렇게 입에서 녹아내린다~ 같은 반응은 안 해도 되고, 오히려 기억을 날려야 하니까 스며들면 안 되거든.

"(척!)"

아니 그러니까 엄지 척! 이 아냐! 이 맛, 평생 안 잊을게…… 같은 표정 안 해도 돼! 얘는 뭐하는 거야! 하필이면 작전의 기억이 날아가서 어쩌라고!

"음! 음!"

"???"

작전을 떠올리라고 표정으로 호소했다.

"……아! 아~앙!"

"아니야~앗!!!!"

나는 새롭게 커팅된 햄버그를 내미는 대거 쨩에게, 드디어 외쳐버렸다.

기억!! 기억 날려야지!!

이번에는 제스처도 섞어서, 필사적으로 대거 짱에게 호소했다.

"윽?! 으윽?! 머, 머리가?!?! 나, 나는 대체?!"

드디어 이해를 했구나…….

이렇게, 계획대로 대거 짱은 가장 편의적인 기억을 되찾기 전의 상태로 돌아가는데 성공했다.

: 야아아아아아아?!?!

: 진짜로 해버렸다 ㅋㅋㅋㅋ

: 빵 터짐ㅋㅋㅋㅋ

: 야야야야야야잠깐 기다려봐아아아아아!!!!

: 역시 라이브온이잖아!

물론 그다음 이렇게 채팅창이 난리가 나기도 했지만, 최종적으로 다들 흐뭇하게 웃고 있는 것은 역시 대거 짱이라고 해야겠지.

이걸로 궁극의 햄버그 계획, 완수해냈다.

…………………….

…………………….

……………………역시 얘는 보통이 아냐.

"스승님. 새삼스럽지만, 끌어들여서 미안해……."

"정말로 새삼스럽네요……. 괜찮아요, 저도 계기 중 하나였으니까요."

방송을 마치고 내가 돌아갈 준비를 하는 도중에, 일이 끝나서 냉정해졌는지 대거 쨩이 그렇게 사과를 했다.

"상냥해…… 스승님 진짜 스승님…… 그거란 말이지. 옛날부터 뭔가 하려고 생각하면 그것 말고는 생각 못하게 돼버리거든, 나……."

"후훗, 저도 그렇게 생각해요."

"그렇구나……."

"딱히 탓하는 게 아니에요. 행동력이 있다는 거죠."

"하지만, 그래서 주변에 폐를 끼치면 안 되잖아……."

"폐라고 생각하진 않아요. 저도 타다스 쨩도 선생님도, 그리고 분명 시청자들도. 말은 뭐라고 하든 다들 즐기면서 잘 수습되지 않았나요?"

"그러면 좋겠는데……."

"……."

"스승님?"

"아, 미안해요. 조금 생각에 잠겨서."

무심코 잠깐 입을 다물어 버렸다. 왜냐하면 과거의 일이나 오늘의 방송, 그리고 지금 자기 자신의 발언을 통해 나는 또 하나의 목표인 대거 쨩이 가진 재능의 언어화, 그것에 한 걸음 앞까지 다가간 감각이 들었기 때문이다.

대거 쨩은 보통 애가 아니다. 라이브온 쪽의 인간이라는 건 이미 알고 있다. 앞으로 하나…… 앞으로 하나의 조각이 딱 맞으면 그 이유와 재능을 언어로 만들어낼 수 있을 텐데…….

"앗, 매니저한테 연락 왔다……『카오스 참 잘했어요!』라고 했어! 아자! 잘리는 건 면했다~!"

대거 쨩이, 스마트폰의 채팅 화면을 보여준다.

그리고— 그 마지막 조각은, 대거 쨩이 필요 없는 애라고 할 거야라고 걱정했던, 라이브온이 보내주었다.

"……카오스?"

"그래! 칭찬해줄 때 자주 말해줘! 하지만 이상해, 언제나 참 잘했어요거든?"

"——."

—그렇구나, 그런 거구나.

"대거 쨩, 드디어 알았어요."

"아~? 뭐가?"

"라이브온에 걸맞은 당신의 재능이요."

"라이브온에 걸맞는 재능? 아니아니, 나는 그런 거 없어…… 없으니까 이렇게 기억상실을 되찾으려고, 옆에서 보면 이해할 수 없는 걸 한 거니까……."

"아뇨, 달라요! 지금 그 채팅을 보고 완벽하게 맞아들었어요! 대거 쨩의 재능— 그건『훈훈하게 카오스』입니다!"

"————."

대거 짱이 눈을 크게 뜨고, 그리고—.

"아~?"

있는 힘껏 고개를 갸웃거렸다.

눈을 크게 뜨고 그랬었구나! 라고 될 줄 알았는데…… 뭐 지금 그 말만으로는 어쩔 수 없나.

"서, 설명할게요. 우선 대거 짱, 전제로 당신에게는 라이브온의 재능이 있어요. 다시 말해서 『카오스』를 몸 안에 품고 있어요."

"어~? 하지만 나는 스승님처럼 스○○로도 아니고, 세이 님처럼 엄청 섹드립도 생각 못하고, 아리스 선배처럼 맹신할 수 있는 것도 없는데?"

"아니, 대거 짱은 지금 꼽은 사람들에게 지지 않는 카오스를 가지고 있어요. 다른 건 카오스의 방향, 인 거죠."

"카, 카오스의 방향?"

"대거 짱, 당신은 카오스를 훈훈함으로 연결 짓는, 그런 재능을 가지고 있어요!"

"후, 훈훈함으로 연결 지어?!"

—대거 짱이 다시 한 번 눈을 크게 떴다.

"우리가 지금까지 카오스로 연결 짓고 있던 건, 주로 개그 방면이었어요. 그렇지만 당신은 달라요— 다시 말해서, 대거 짱은 라이브온에 걸맞은 존재이며, 그러면서도 자신만이 가진 개성까지 있다는 거죠!"

“—그러고 보니, 타다스 쨩이랑 선생님도 비슷한 말 한 적 있는 것 같아— 그러면 이 채팅도, 캐릭터를 유지하려고 발버둥치는 나를 칭찬한 게 아니고…….”

“대거 쨩 스스로를 칭찬하는 거예요. 좋은 라이브온이었어요, 분명히 그렇게 말하는 거죠.”

“……훈훈해도 괜찮아?”

“반대로 물어볼게요. 훈훈해서 뭐가 나쁜가요?”

“진짜로—— 우와아아아 진짜로오오오—!!!!”

갑자기 소리를 높였다 했는데, 표정이 풀어지면서 뿅뿅 뛰기 시작하는 대거 쨩.

다행이다. 아무래도 드디어 자신의 가치를 깨달은 모양이야.

“한 번 동기나 매니저랑 이야기를 해보면 좋을 거라고 생각해요. 분명히 저랑 같은 말을 해줄 테니까요.”

“……그러고 보니, 그런 부분을 진지하게 대화한 적이 없었던 것 같아……. 동기한테는 이유도 이유니까, 매니저한테도 내 경위로 잘리는 거 무섭다고 말할 수가 없어서…….”

“아…….”

“괜찮을까?”

“괜찮아요.”

대거 쨩의 등을 밀어주듯, 나는 즉답했다.

“왜냐하면 여기는, 당신이 동경하고, 제가 사랑하는 라이브온이니까요!"

"————응!"

자기자신을 받아들인 대거 쨩의 미소는— 뿅 가는 걸 넘어서 말이 안 나올 만큼— 그야말로 참으로 눈부신 것이었다.

"……어라? 그러면 혹시, 난 기억상실증 컨셉을 지킬 필요 없는 거야……?"

"……분명히, 듣고 보니 그렇네요……. 그만둘 건가요?"

"아~니."

대거 쨩은, 조금 유감스럽게 생각하면서 그렇게 질문한 나에게, 고개를 옆으로 저었다.

"라이브온에 들어온 계기가 되어준 거니까 애착도 있고, 내가 가진 능력으로 라이브온에 있어도 된다는 걸 깨달았으니까. 앞으로는 부담 없이 소재로 쓸 수도 있을 것 같으니까. 그리고—."

그리고, 여전히 이런 말을 해주는 거다.

"타다스 쨩이랑 선생님이랑, 그리고 무엇보다 스승님이 지켜준 거니까! 이대로!"

정말로, 얘는 이런 부분이 치사하다니까.

예전에 라이브온에 있는 게 제일 행복하다고 대거 쨩이 말했었지. 사실 오늘에 이르러 그것이 당연하다고 생각하게 됐을 때는, 또 자신에 대해 고민하게 되지 않을까 위기감을 사소하게나마 느끼고 있었는데, 이걸 보니 괜찮겠네.

아니, 분명 그런 일이 일어나 버린다고 해도, 이 애는 새로운 카오스를 일으켜서, 그리고 어떻게든 그걸 훈훈한 결과에 착지시킬 거야.

그것이 대거 짱의 재능— 5기생이 모였을 때 선언한 것처럼, 라이브온에 부는 새로운 선풍인 것이다.

훗날, 대거 짱에게 이것저것 새삼스런 대화를 해봤다는 보고가 왔다. 결과는 말할 것도 없다.

"후우……."

모두 끝난 뒤, 어쩐지 익숙지 않은 일을 해버렸다고 생각했는데, 그러고 보니 알맹이를 받아들이는 것이 주류인 라이브온의 사건부에서 이번에는 자신의 캐릭터성을 되찾는다는 정반대의 전개이기도 했네.

결과적으로 대거 짱은 기억상실을 되찾고, 더욱이 자신의 재능도 자각할 수 있었다. 이것으로 한 건 해결이다. 조금은 스승이란 이름에 부끄럽지 않은 행동을 해낸 걸까?

………뭐, 저기…….

"그 스승인 나는, 아직도 청초함을 되찾지 못하고 있지만 말야…………."

막간 우츠키 세이의 카스텔라 답변

"카스텔라 답변을 해볼까!"

@경사스럽게 연인 사이가 된 시온 씨와 세이 님.

그래서 질문입니다만, 모두의 마마라고 자부하는 시온 씨의 파트너인 세이 님은 만약 불리게 된다면 마마와 파파 어느 쪽이 좋다는 거 혹시 있는 걸까요?@

"으음~. ……역시 제일 좋은 건 섹프일까?"

: 헤어져라.

: 역시는 뭐냐.

: 반대로 그거면 되나……? 모두 섹프로 부를 텐데……?

: 처음 보는 사람은 엄청 착각할 것 같은데.

"훗, 그건 흥분되잖아."

: 헤어져라.

: ㄹㅇㅋㅋ

: 역시 상급자구만…….

"……하지만, 뭐라고 부르는가는 제쳐두고, 라이브온의 위치로서는 파파가 꽤 맞는 거라고 생각하지. 마나 씨의 졸업 때 채팅에서도 말했었잖아."

: 뭐 그건 그럴지도.

: 에로 아저씨다 ¥4,545

: 조금 서투른 부분이 조금 그럴 듯해.

"섭섭하네. 세이 님은 테크니션이거든?"

: 하아…….

: 지금은 그 발언은 시온 마마한테 불똥 튈지도 몰라…….

〈카미나리 시온〉: 아기가 되면 용서할게.

"하하하, 제군들이 괜한 말을 하니까 세이 님이 아기가 되었지 않았나……."

: 시온 마마 ㅋ

: 이건 강한걸.

: ㄹㅇㅋㅋ 꽉 잡혀 있군.

: 세상에는 여러 가지가 확정되는군.

@세이(聖) 님 탓에 히지리(聖)란 캐릭터의 호칭이 붕괴해버린 책임을 지세요@

"몸뿐 아니라 이름까지 범해 버리다니…… 자신이 두렵군."

: 피해가 생기니까 이름을 이쿠이쿠빙빙마루로 되돌리자.

: 이쿠빙마루, 어울린다고 생각해.

: 나는 세이 님이 너무 바보라서 이쿠이쿠빙빙마루를 우츠키 세이라고 잘못 읽었다는 설을 믿고 있다.

"너무하네에. 여친 앞에서는 체면 좀 세워주지 않을래?"

: 이쿠이쿠깅깅마루.

"으음~. 다른 게 섰잖아~."

@세이 님이 쿠스코 왕국의 초대 국왕이라는 걸 알게 된 요즘.

페루의 공항[#20] 이름까지 되어 있다니 대단하네요!@

"이름 관련으로는 이런 카스텔라도 있었어. 이름 제대로 못 읽는 건 제군들 쪽 아닐까?"

: 지금 조사했다. 이런 게 있구나…….

: 언어의 차이에 따른 기적.

: (페루 씨) 죄송합니다.

@세이 님.

16세 JK입니다. 세이 님과 백합 ㅅㅅ 희망합니다. 어떻게 하면 될까요?@

"으음~. 즉답하고 싶지만, 세이 님도 직접 개별 대응은 어렵거든. 운영을 통해서 해줘야지."

: 운영한테 뭔 대응을 시킬 셈이냐!

: 여친 앞이니까 거부해라…….

: 우리들보다 이 녀석이 더 문제야.

: 이제 슬슬 낳아질 것 같다.

: 낳아질 것 같다고……?

@세이 님에게.

너무나도 세이 님이 변태라서 또 다시 수익화 멈추는 건 싫으니까 번장한테 부탁해서 반성의 방에 처넣고 거기서 방송을 시킬 겁니다.

알겠죠?(압력)@

#20 페루의 공항 잉카 망코 카팍 국제공항. 망코 카팍이 일본어로는 섹드립이 될 수 있다.

“반성의 방에 숨어서 한 발 뽑는 건 최고로 흥분될 것 같네. 반성합니딸~ 이라고 이름 붙이자.”

: 절대로 반성 안 했군ㅋㅋㅋ

: 번장의 시설에서 잘도…….

: 들키면 사시미 칼로 쑤실 것 같은걸.

@아와유키 쨩이 아무리 시간이 지나도 초기 방송을 다시 안 봐요!

발안자인 세이 님은 얼른 보고 싶단 생각 안 드나요?@

“이거 말야. 누가 물어봐도 『지금은 때가 아닙니다』라면서 엄청 사과하며 미루고 있던가? 사실 세이 님도 신경 쓰여서 전에 물어봤었어. 그랬더니 『보고자 했을 때, 수치심이 아닌 여러 가지 감정이 너무 흘러넘쳐서, 훨씬 적절한 타이밍일 때 하고 싶어요. 정말 죄송합니다. 반드시 언젠가는 할 겁니다!』라고 했어.”

: 그런 것도 있었지.

: 했으면 좋겠다…….

: 그냥 도망치는 거 아냐?

: 수상해…….

: 뭐 시간이 지나면 지날수록 여러모로 반동이 큰 것도 있고ㅋ

“후훗, 아와유키 군이니까, 말을 뭐라고 하든 언젠가는 하지 않을까? 세이 님도 발안자로서, 조금만 더 기다려주세요. 그러면 다음이 마지막 카스텔라다."

@ 세이 님.

다양성을 외치는 소리가 높아지는 세상이 되고 있습니다.

이런 세상으로 만들고 싶다는 야망, 요망, 꿈이 있나요?@

"그렇네…… 꿈이라도 좋다면…… 사람이 사람이란 것을 인정할 수 있는, 그런 세상일까?"

막간 카미나리 시온의 카스텔라 답변

"카스텔라 답변 한다~!"

@(전에 슈와 쨩의 잡담 방송에서 매니저 얘기를 했을 때 채팅창에서 「메일 문맥을 아기처럼 적게 되어 시온 쨩과 절친이 되어가는 카에루 매니저도 잊지 마라」라는 걸 보고 폭소한 사람입니다)최근에 카에루 매니저랑 있었던 인상적인 에피소드는 있나요?@

"그렇지! 카에루 쨩 매니저랑 사이좋게 지내고 있어! 요즘 에피소드라면 그렇네에…… 이건 최근에 한정된 이야기가 아니고, 놀러 가거나 해서 같이 걷고 있을 때, 유아원이나 유치원을 보면 꼭 서로 잠시 발이 멈춘다, 같은 게 있어."

: 여보세요? 프리즌맨?

: 완전히 위험한 사람이잖아 ㄷㄷㄷ

: 놀이공원이 아니라고.

: 아동 양육 시설에 돌격하는 건 정말로 관둬…….

: 여고를 발견했을 때 나랑 똑같네.

"아, 아니야! 정말로 몇 초뿐이지. 금방 이럼 안 되지 하면서 걸어가거든! 그런 위험한 건 아니야! 그다음에 얼마간 기분 나쁜 표정 같은 거 안 지어!!"

: 역시 세이 님의 파트너네요…….

: 괜한 것까지 자백하는 거 완전 웃긴다.

: 유아의 울음소리에 침을 흘릴 것 같다.

@카에루 쨩의 최애 마마가 아와 쨩이거나, 최근에는 대거 쨩하고 아와 쨩이 같이 햄버그를 만드는 등, 아와 쨩이 라이브온의 마마 포지션 같은 느낌이 드는데요. 그건 어떻게 생각하나요@

"코코로네 아와유키 양, 즉시 아기 지도실로 오세요."

: 무서.

: ㄹㅇㅋㅋ 찐톤이구만.

: 그런 어둠이 지나치게 깊은 방이 있다니 역시 라이브온.

: ㄹㅇㅋㅋ 아기를 지도하는 방이 아니라 아기로 지도하는 방이냐

: ¥1,188

"아와유키 쨩은 말이지. 이 시온 마마의 아기란 자각이 부족하거든. 다들 걱정하지 마. 아기 지도실에서 1주일 정도 내 지도를 받으면, 아와유키 쨩은 언어를 잃을 테니까."

: 언어를 잃는다.

: 성대충[#21]인가?

: 이것이 민족정화로군.

: 인격정화일지도 몰라……

: 얀데레풍 시온 마마, 솔직히 좋아!

#21 성대충 게임 『메탈기어 솔리드』에 나오는 가공의 병기. 민족정화충이나 민족해방충이라고도 불린다. 언어를 통해 전염되는 기생충. 감염되면 성대충이 학습한 언어를 사용한 감염자를 죽이기 때문에 해당 언어를 말하지 못하게 된다.

@시온 마마는 모두의 마마입니다만 시온 마마의 마마의 마마는 시온 마마인 건가요?@

"뭔가 잘 이해가 안 되는데, 시온 마마는 모든 것의 마마랍니다~!"

: 옛날에도 비슷한 말을 했었을 텐데, 뭔가 지금은 무섭다…….

: 모든 것의…… 모두의가 아니라……?

: 모성을 빤 무녀.

@자~아. 상식인 포지션(폭소)인 라이버에게 질문입니다~.

4기생 중에서 제각각 다루기 쉽다, 혹은 다루기 어렵다고 생각한 라이버를 가르쳐 주세요~@

"시온 마마는 상식인입니다! 정말! 그러니까, 4기생에 대한 질문이네. 그렇네에…… 에에라이 쨩은 아주 재치가 있다고 할까, 기본적으로 뭐든지 할 수 있네!"

: 기본(출가만 빼고)

: 번장을 큰집 보내지 마라.

: 평소에는 정말로 재주 좋은 애니까.

"그래서 아기로 만들기가 어려워, 하아."

: 어, 설마 다루기 어려운 쪽?

: ㅋㅋㅋㅋㅋㅋ

: 대역전 그만둬라.

: 아리스 쨩은 아와유키 쨩 외길이고, 카에루 쨩은 아기인

주제에 나를 마마라고 인정 안 하고…….”

: 전멸이라 웃기네.

: 4기생 말야~.

: 이건 시온 마마가 나쁜 거야!

“정말 다들 손이 가는 아이들이라 최고야! 다루기 어려운 애 같은 건 없어! 시온 마마는 모두 참 좋아해요!”

: 대대역전 그만둬라.

: 시온 마마 말야~.

: 착한 애인지 착한 마마인지 이제 모르겠다

@간호는 힘들구나아……에잇@

“간호, 힘든 일이지. 어쩐지 여러 가지 요소가 엉켜 있다고 할까, 이런 식으로 말해버릴 만큼 건드리기 어려운 요소가 되어 버리니까, 더욱이 개선해야 하는 업계인데 좀처럼 진전이 없다고 할까…….”

: 어, 갑자기 진지해졌어. 뭐야?

: 시온 마마?

: 오? 상식인 포지션을 되찾으러 왔나?

“으응~? 무슨 소리야? 시온 마마는 계속 진지했어~!”

: 앗.

: Oh…….

: 응애~ ¥50,000

막간 야마타니 카에루의 카스텔라 답변

“산을 넘어, 계곡을 넘어, 그리고 이윽고 돌아오는 장소. 야마타니 카에루의 방송에 어서오세요. 오늘은 카스텔라 답변을 하겠어요.”

: 오에?

: 카에루 쨩? 괜찮아? 슈퍼챗 보내줄까? ¥500

: 어머나, 카에루 쨩! 너무 잘한다~! ¥200

: 다 내려놓은 인사잖아.

: 회사라는 산골에서 돌아온 곳에서 육아까지 시키는 귀축V

: 이것이 산도 넘을 수 없고, 계곡도 넘을 수 없고, 결국 돌아오는 사람의 모습인가…….

: 돌아간 곳이 보금자리니까 오히려 이거면 된다.

“여전히 양극단의 채팅창이네요……@가끔은 응애루가 공식 인사를 쓰는 것도 보고 싶다(몬헌의 그건 무효).@라는 카스텔라를 받아서 해본 것뿐이에요. 이제부터는 평범하게 아기니까 잘부.”

@응애루에게.

카에루는 언제나 아기라고 말합니다만, 사○에 방식[#22]처럼 영원

#22 사○에 방식 일명 사자에상 시공. 십년 단위로 장기 연재되고 있지만 등장인물은 나이를 먹지 않는다. 그러면서 집의 고정 전화가 스마트폰으로 바뀌는 등의 변화는 있다.

히 아기인 건가요? 아니면 언젠가 아기가 아니게 되는 건가요?@

"카에루가 아기라고 하는 동안은 아기입니다. 설령 노후라고 해도, 카에루가 아기라고 하면 그건 아기인 겁니다. 카에루가 있으면 실버타운이라도 유아원입니다."

: 오~ 오~, 이 녀석 위험하구만.

: 너는 역시 의미를 모르겠어…….

: 어째서 얘는 이런 걸 자신만만하게 말할 수 있는 걸까?

: 아기니까, 사회에 구속되지 않는 무한의 발상력이야.

: 짝짝짝짝짝짝 ¥8,888

: 사회에 구속되지 않는 게 아니라 사회에서 눈을 돌린 것뿐이란 말이지.

: 실버타운「나는 유아원이었던 건가.」

: 할망아기「으…… 응애애……(갈라진 목소리)」

: 이 녀석은 변태 타운(라이브온)에서 내보내면 안 돼.

@응애루의 마마는 슈와 쨩이고, 슈와 쨩의 마마는 마시롱이니까, 마시롱은 응애루의 할머니란 거야……?!@

"마시롱 선배한테 혼나요. 애당초 라이브온의 가계도를 그리려고 하면 터무니없이 복잡해질 것 같으니까요. 세피로트의 나무처럼 될 것 같네."

@응애루를 위해서 젖병이나 쪽쪽이 둘 중 하나를 선물하려고 했습니다만 마음에 들지 몰라서 카스레기 보내둘게요@

"카스레기 보낼 거면 마마를 내놔. 그리고 응애루가 너무 침투한 거 아닌가요? 카에루는 요전에 스태프한테도 『응애루 씨』라고 불렀단 말이에요? 그래서 응애라고 대답했더니 호칭이 카에루 씨로 돌아와 버렸지만요."

: 세피로트의 나무를 더럽히지 말아 줘.

: 응애루, 엄청 어감 좋으니까.

: 스태프의 일은 뇌가 이해를 잘 못하고 있다……

@항간에서 시온 마마와 불알친구, 가 아니라 절친이라고 화제인 매니저에게 한 마디@

"채팅 문맥을 읽기 힘들어요."

ㅋㅋㅋㅋㅋㅋ

: 야야야야!

: 아기 취급해주는 호의잖아!

"물론 그것 자체는 기쁘기도 하고 고맙긴 한데요. 최근에 아기 문맥이 지나쳐서 카에루마저도 해독이 필요한 레벨이란 말이죠. 『내리내리 하세요!』가 『다운로드 헤주세요』라고 말하는 걸 깨달은 카에루, 굉장하지 않나요?"

: 예상 이상이라 개꿀잼.

: 이거 해독하는 건 아기로군.

: 매니저랑 사이좋아 보여서 마마 안심된다.

@Yo, 거기 있는 Baby 씨.

리듬을 타자 everyone

네버랜드의 피○팬

기저귀 찬다면 무○맨[#23]@

"카에루가 네버랜드는 죽습니다."

: 분명 그래.

: ㄹㅇㅋㅋ 갑작스런 찐정색.

: 일단 그건 파악하고 있구나…….

"몸의 위험을 느끼지는 않아요. 왜냐면 카에루는 아기니까요. 다음이 마지막 카스텔라입니다."

@처음으로 아와유키 씨와 만났을 때의 인상은?@

"최애 마마입니다. 초면에도, 그리고 지금도."

#23 무니맨 일본의 기저귀 브랜드. 국내에선 무니 기저귀 혹은 무니망 기저귀로 알려졌다.

에필로그

대거의 사건이 해결되고 1개월 정도 시간이 흘러, 3월의 바람에 4월의 향취가 섞이기 시작했을 무렵. 이 날의 츄리리 집에는 집주인인 츄리리 외에도, 그 동기인 미야우치 타다스와 대거가 방문해서 저녁을 만들기 위해 재료 준비를 하고 있었다.

평소라면 이건 드문 광경이 아니다. 츄리리의 생활 능력이 낮은 것이 계기가 되어 모이기 시작한 이 3인조는 가사, 식사, 심심풀이 등을 빈번하게 이 장소에서 함께 하고 있었다. 그러나 지난 1주일 정도는 사정이 바뀌어 있었다.

"타다스 양, 최근에 당신 뭐하고 있었어? 여기에도 안 오고 방송도 안 하고, SNS도 갱신 안해. 기어이 연락도 없고 무슨 일이야?"

"에이. 그렇게 탓하는 것처럼 말하지 말자. 순순히 걱정했다고 말하면 되는 거야."

"따, 딱히 걱정 같은 거 안 했어! 예정했던 스케줄이 무너져서 짜증난 것뿐이야!"

"그래그래. 하지만 정말로 무슨 일 있었어? 적어도 나는 걱정했거든?"

츄리리와 대거가 걱정하는 눈길을 타다스에게 보냈다.

“…………”

그러나 타다스는 어쩐지 넋이 나간 기색으로, 말을 건 것도 깨닫지 못한 것 같았다.

“타다스 쨩?”

“잠깐 당신, 정말로 괜찮아? 몸 상태라도 안 좋아? 그리고, 조금 마르지 않았어?”

“어?”

평소의 활발한 모습하고는 명백하게 다른 것에, 드디어 걱정을 감추지도 않게 된 츄리리가 양어깨에 손을 대고 얼굴을 들여다봤을 때, 드디어 목소리가 전달됐는지 타다스가 반응을 보였다.

“아, 아아. 미안해. 괜찮아. 그러니까…… 그렇지. 저녁 식사를 만들어야지.”

그렇게 말하고, 일단 평소의 모습을 되찾은 타다스였지만—.

“…………”

“잠깐, 타다스 쨩! 냄비 넘쳐!”

“어? 앗, 아차?! 어어어, 어떡하지?!”

“일단 불을 꺼!”

요리가 진행되면서, 또 다시 타다스는 주의 산만한 기색으로 돌아왔다.

"타다스 양, 화상은 안 입었어……?"

"그래, 괜찮아……."

"성말! 타다스 쨩은 오늘 요리 금지! 다음은 나 혼자서 할 수 있으니까 이제 앉아 있어!"

평소의 타다스라면 있을 수 없는 실수. 드디어 타다스는 부엌에서 쫓겨나 버렸다.

"하아……."

테이블 앞에 앉아서, 풀이 죽은 기색으로 한숨을 쉬는 타다스.

"……졸업식 다음에, 무슨 일 있었어?"

그런 타다스를 보고, 츄리리가 그렇게 물었다.

타다스가 주위에 얼굴을 비추지 않게된 것은, 마침 티다스가 다니는 학교의 졸업식이 있던 그날부터였다.

'그러고 보니 대거 양의 일이 해결되고 조금 뒤에, 그 일이 화제에 올라오기 시작한 날부터 조금 멍해지는 일이 늘어났구나…….'

츄리리는 3월에 들어온 이후 타다스의 모습을 떠올리고, 그 생각에 이르렀다.

"…………."

타다스는 또 입을 다물어 버렸다. 말을 하기 싫다기보다는, 어떻게 설명해야 좋을지 알 수 없는 모양이었다.

'졸업 뒤의 진로에 대해 무슨 일이 있었던 걸까? 하지만, 이대로 우리들과 라이버 외길로 계속하는 건 꽤 전부터 정해져 있었을 텐데…….'

갖가지 사고를 해보는 츄리리였지만—.

"뭐 좋아. 일단 밥을 먹자."

지금까지 타다스와 지내온 경험으로, 타다스가 이런 때 억지로 캐물어보면 안 된다고 판단하여 다가올 타이밍까지 그 이상 추궁하는 건 멈추었다.

"선생님~ 그릇 놓는 거 도와줘~!"

"그래~ 그래~."

"그래는 한 번!"

"입장이 반대 아닐까……?"

입으로는 그렇게 말하면서도, 츄리리도 대거도 타다스가 개입할 틈도 주지 않고 척척 절도 있는 움직임으로 완성된 요리를 테이블에 놓았다.

그리고 그대로 평소와 다를 바 없는 기색으로 식사가 시작됐다.

"저기, 나 말야. 그렇게 기억상실 같지 않았어?"

"정치가의 기억에 없다 발언이랑 똑같아."

"그, 그것도 사실일지도 모르잖아? 있잖아아, 타다스 쨩은 어떻게 생각해?"

츄리리와 대거는 시선만으로 대화를 나누고, 자연스런 흐름으로 아직도 입을 다물고 있는 타다스에게 화제를 돌려봤다.

그 상냥한 배려를 깨달았는지, 혹은 입에 넣은 요리의 따스함이 스며들었는지, 혹은 양쪽 다인지.

아니, 애당초 여기에 온 시점에서 벌써 한계였던 걸지도 모른다.

"……하레루 선배는 깨닫고 있었어."

""어?""

타다스는 끌어안고 있는 짐의 무거움에 짓눌린 것처럼, 작은 목소리를 흘렸다.

"하레루 선배는 깨닫고 있었어, 처음부터. 그래서 미야우치한테 제안했어."

"타, 타다스 쨩?"

"전부 거짓말이었어. 정의를 앞세워서 자신의 욕망을 정당화하고 싶었던 것뿐이야. 오직 그걸 위해 아무것도 나쁘지 않은 라이브온을 공격하고, 라이브온뿐이 아니라, 그때까지의 전부도…… 아아아, 어째서……."

"어~이? 내 목소리 들려?!"

"미안해요, 정말로 미안해요, 돌아가고 싶어, 돌아가서 다시 하고 싶어, 말려줬으면 좋았잖아. 왜 말려주지 않았어? 아니 그게 아냐. 애당초 전부 내가 잘못했어. 모든 것이. 스스로 수치를 거듭했어, 알고 있어, 이미 알고 있는데 어떻게 할 수가 없어…… 어째서, 어째서 나는 그런 일을…… 대거 쨩도 선생님도 있는데…… 아아, 이제 싫어! 이제 싫어이제싫어! 정말정말정말정말정말정말정말!!!!!!!!”

“어, 어이?! 진짜로 왜 그래?! 괜찮아?!”

한 번 자세가 무너져 버리자, 다음은 저항도 못하고 짐에 짓눌리기만 한다.

대거는 무슨 일인지 도무지 알 수 없었지만, 흐트러지기 시작한 타다스에게 급히 다가가 어깨를 흔들며 계속 말을 걸었다.

츄리리는 그 광경을, 멍하니 바라보고 있었다.

‘어째서……?’

대거처럼 행동에 옮기지 못한 것에는 이유가 있었다.

츄리리는 대거하고는 달리, 타다스가 이렇게 되어 버린 과정까지는 몰라도, 지금 그녀가 어떤 상태인지는 알고 있었다.

‘어째서…… 타다스 양이…….’

그리고 알고 있기에, 그 충격으로 움직일 수 없었다.

그러나 틀림이 없었다. 이 이상할 정도의 과거에 대한 후회와 회귀 소망, 과잉된 자기혐오와 장래에 대한 명백한 네거티브 사고. 그것은 모두, 츄리리 자신이 과거에 몇 번이고 몸소 체험해온 거였으니까.

"이제…… 어떡하면 좋을지 모르겠어……."

타다스는 그렇게 말하고 드디어 두 사람을 향해 고개를 들었다.

—불안에 짓눌려, 매달리는 표정으로.

츄리리의 뇌리에 과거의 자기 모습이 플래시백됐다. 그건 평소의 타다스라는 인간을 잘 아는 츄리리에게, 너무나도 받아들이기 어려운 답 맞추기였다.

'타다스 양의 마음이…… 병들어 버렸어.'

■ 작가 후기

『버튜버 전설』 8권을 손에 집어주셔서 정말로 감사합니다. 작가인 나나토 나나입니다.

이번 8권입니다만, 대거가 눈에 띄는 권이라, 한 권을 통틀어 평소의 카오스에 더하여, 둥실둥실흐뭇흐뭇하는 탈력감 있는 분위기를 조금 의식해서 써봤습니다. 뜻밖에 지금까지 이런 어프로치는 적었을지도. 종반의 카스텔라 답변 세 명은 이번에 등장이 적었던 라이버에서 선출했습니다. 가능하면 언젠가 전원 분량을 하고 싶네요!

본편이 그랬던 만큼, 에필로그는 새로운 파란을 예감케 하고 있습니다. 다음 권은 선배, 후배가 뒤섞이는 제트코스터 같은 권이 될 것 같습니다(당연히 V전설이니까 주축은 코미디입니다만 ㅎㅎ).

그리고 아와유키가 아와의 초기 방송을 아무리 지나도 안 보는 것은, 정말로 늦어지게 되어 죄송합니다……. 본래 회수할 예정이었습니다만, 여러 사정이 있어 타이밍을 놓쳐 버려서, 앞으로 새로운 회수 예정을 만드는 건 좋습니다만, 그것에 안심해 버려 머리에서 빠져나가, 애니메이션 제작 때 확인 작업을 하다가 마침내 떠올리고 말았습니다. 너무 바보 같네요…….

전술한 것처럼 이후로 확실하게 예정은 있으니, 신경 쓰인 분은 조금만 더 기다려 주세요.

자, 여기서부터는 전권의 후기에 이어서, 지금까지 V전설을 써오면서 깨달은 점 같은 것을 조금 이야기해볼까 합니다.

이번에 이야기하고 싶은 건 『채팅』에 대해서입니다. 본 작품에는 당연한 것처럼 처음부터 있던 것입니다만, 사실 상당히 고민한 점이 있었습니다. 그건, 리얼리티를 중시할 것인가 였습니다.

예를 들자면, 현실의 스트리밍에서는 채팅에 채팅으로 태클을 거는 등의 채팅끼리 대화하는 건 피하는 편이 좋은 케이스가 많습니다. 애당초 채팅이 뜰 때까지 시간 지연이 있으니까, 스트리머와 특정한 채팅의 대화마저도 꽤 어렵기도 하죠.

그래서 글을 쓰던 초기에는, 리얼리티를 중시해서 이런 것들을 작중에서 재현해야 할까 고민했어요.

결과적으로, V전설은 YouTube의 채팅창과 니코니코 동화의 채팅창과 게시판의 분위기에 맞춘 것을 사용해, 시간 지연도 없애는 집필에 정착했습니다.

이유는, 이것이 소설로 표현하는 방송이란 형식에서 가

장 재미있고, 그리고 소설로만 할 수 있는 것이라고 생각했기 때문입니다.

완전히 재현해야 리스펙트라는 의견도 있을지 모르겠습니다만, 역시 우선 재미있다고 생각해주시지 않으면 나아갈 수가 없습니다. 독자색이 강해진 부분이 있다지만, V의 재미를 어떻게 소설로 표현할지, 그 전제를 생각한 끝에 지금의 V전설이 있다는 것은 분명하니까요. 용서해주시고 즐겨주시면 다행이겠습니다.

또한, V물을 쓸 때, 이 점을 어떻게 표현할까로 개성을 드러내는 것도 좋을지 모릅니다.

이렇게, 본 작품은 시행착오가 끊이지 않습니다.

본래는 자신에게 이상적인 V 그룹을 그저 자유롭게 만들고 싶어서 시작한 것일 텐데, 이 점은 어째서 이렇게 됐는가 하는 느낌입니다……. 불판이 날 가능성도 있는 종료 실수에서 히트하여 시작된다는 전개도, V의 불판에 필요 이상으로 기름을 투하하는 당시 너무나도 심했던 문화에 대한 안티테제 같은, 옳고 그름을 별개로 하고서도 자기본위의 마음이 조금 있기도 합니다.

다만, 이것도 자신만의 세상에서, 타인과 공존하는 세상으로, 일종의 성장을 V전설이 이룩한 것일지도 모르겠어요. 미디어믹스의 기회를 받고 있는 현재는, 특히 중요한 점이라고 생각합니다. 저 혼자서 이룩할 수 있는 것에는 한계가 있으니까요.

저는 제가 할 수 있는 일을, 이제부터 열심히 하겠습니다!

마지막으로, 8권의 제작에 협력에 주신 여러분, 그리고 응원해주시는 여러분, 언제나 정말로 감사합니다. 9권에서 또 만나요.

■ 역자 후기

안녕하세요? 역시나 불초 역자가 돌아왔습니다.

날이 덥습니다만, 여러분들 건강 조심하시기 바랍니다.

최근 역자의 버생말입니다만, 쇼츠 영상이 너무 많습니다. 역자는 버튜버들이 쇼츠 영상 올린 걸 일단 나중에 볼 동영상에 담아둡니다만, 역자가 충격적인 사실 하나를 알려드리겠습니다.

여러분, 요튜브의 재생목록에는 5000개까지 들어갑니다. 5000개를 넘어가면 더 이상 추가가 안 됩니다.

그렇습니다. 아 나중에 봐야지 하고 나중에 보기를 해놨더니 5천 개를 넘기더라고요. 그 전에도 추가시켜놨던 것들에다가 좀 방치했던 것들이 쌓이니까 5천 개가 넘더라니까요. 여러분들도 쇼츠 영상을 보신다면 꼬박꼬박 그때그때 보셔야 해요! 미루다 보면 쌓여서 5천 개를 넘기게 됩니다. ㅎㅎㅎㅎ

이번에는 버생말고 다른 이야기도 해보죠.

에어컨이 고장 났습니다.

ㅋㅋㅋㅋㅋㅋㅋㅋ

내가 웃는 게 웃는 게 아니야! 웃을 일이 아닙니다. 이제 에어컨의 유무는 사활문제라니까요. 후우. 작년까지는 작동이 되었었는데 올해 이제 슬슬 더워진다 싶어서 시험 삼아 켜봤더니 웬걸, 찬바람이 전혀 안 나오지 뭡니까. 그 순간 역자가 느낀 공포는 그야말로 납량 특집이었죠.

부랴부랴 AS를 신청해서 점검을 받으니 냉매가 다 빠졌다고 합니다. 쓰읍. 알미늄 배관으로 설치를 했었는데 그 탓이었나 봅니다. 하필이면 냉매가 빠져나간 부분이 티가 안 나서 냉매를 다시 보충한다고 해도 언제 또 빠져나갈지 알 수가 없다는 진단이었습니다. 거기다 최소한 16만원에 경우에 따라 돈이 더 들 수도 있다고 하니, 어쩔 수 없이 새로 구매했죠.

그런데 아시다시피, 막 더워지기 시작하는 시기다 보니까 설치할 때까지 시간이 걸리지 않겠습니까.

그나마 다행이라고 해야할지, 역자는 반지하에 살아서요. 그나마 기온이 낮고, 환절기 에어컨을 켜기 전까지 버티고자 낡은 제습기 대신 용량이 좀 큰 제습기를 새로 산 참이었습니다. 제습기 틀어서 습도를 낮추고 선풍기 바람으로 버틸 수 있었어요.

진짜 제습기 안 샀으면 지금쯤 죽었어! 특히 설치 직전

사흘 정도는 비도 내리면서 본격적으로 더워지기 시작했거든요.

에어컨을 설치한 뒤 냉기의 축복을 받은 저는 다시 한 번 희대의 위인 윌리스 캐리어 님에 대한 찬양을 하는 것이었습니다. 꽤 진지하게 위인입니다. 에어컨 없으면 현대의 대형 건물들 유지가 어렵거든요. 여러분도 찬양하세요.

그럼 여러분, 다음에 또 만나요!

VTuber인데 방송 끄는 걸 깜빡했더니 전설이 되어있었다 8

초판 1쇄 발행 2025년 9월 10일

지은이_ Nana Nanato
일러스트_ Siokazunoko
옮긴이_ 박경용

발행인_ 최원영
본부장_ 장혜경
편집장_ 김승신
편집진행_ 권세라 · 최혁수 · 김경민 · 최정민
편집디자인_ 양우연
국제업무_ 박진해 · 조은지 · 남궁명일
관리 · 영업_ 김민원 · 조은걸

펴낸곳_ (주)디앤씨미디어
등록_ 2002년 4월 25일 제20-260호
주소_ 서울시 구로구 디지털로 32길 30, 코오롱디지털타워빌란트 1301-1308호
전화_ 02-333-2513(대표)
팩시밀리_ 02-333-2514
이메일_ lnovellove@naver.com
L노벨 공식 카페_ http://cafe.naver.com/lnovel11

VTuber NANDAGA HAISHIN KIRIWASURETARA DENSETSU NI NATTETA Vol.8

ISBN 979-11-278-8388-1(04830)
ISBN 979-11-278-6572-6 (세트)

값 8,500원